Das Haus auf der Brücke

Othmar Franz Lang
wurde am 8. Juli 1921 in Wien geboren. Er flog mit einem „Nicht genügend" in Deutsch, es war übrigens nicht das einzige, aus dem Realgymnasium. Erste große Reisen zu Wasser, zu Lande und in der Luft unternahm er in Transportmitteln der deutschen Wehrmacht, zuletzt im Lazarettzug. Seit damals besteht bei ihm eine tiefe Abneigung gegen Gesellschaftsreisen. Nach dem Krieg war er in verschiedenen Berufen „untätig". Seit 1953 lebt er als freier Schriftsteller.
Seine Bücher lassen sich nicht in ein Schema pressen. Heiteren, unbeschwerten Kinder- und Jungendbüchern stehen solche mit starkem sozialkritischem Engagement gegenüber. In seinen Romanen für Erwachsene ist der Grundton ebenfalls heiter, aber in diese Heiterkeit ist viel Zeitkritik verpackt. Seine Bücher sind bisher in fünfzehn Sprachen übersetzt. Lang erhielt u. a. den Jugendbuchpreis der Stadt Wien und den Österreichischen Staatspreis für Jugendliteratur. Sein Name steht auf der Ehrenliste des internationalen Hans-Christian-Andersen-Preises.
Er lebt mit der Autorin und Übersetzerin Elisabeth Malcolm-Epple und einem gemeinsamen Sohn in Oberbayern.
Im Erika Klopp Verlag ist von Othmar Franz Lang außerdem das vom Start weg erfolgreiche Buch „Armer, armer Millionär" mit den Illustrationen von Traudl und Walter Reiner erschienen.

Das Haus auf der Brücke

Othmar Franz Lang

Erika Klopp Verlag

Von Othmar Franz Lang ist im gleichen Verlag außerdem erschienen
Armer, armer Millionär
Illustriert von Traudl und Walter Reiner

CIP-Kurztitelaufnahme der Deutschen Bibliothek
Lang, Othmar Franz
Das Haus auf der Brücke / Othmar Franz Lang. – 2. Aufl.,
6.–8. Tsd. – Berlin: Klopp, 1979.
ISBN 3-7817-1180-3

Einbandzeichnung und Illustrationen von Rolf und Margret Rettich

Alle Rechte vorbehalten, besonders die des Nachdrucks, gleich in welcher Form, des Vortrags, der Übersetzung, der Verfilmung, der Wiedergabe in Rundfunk- und Fernsehsendungen sowie durch Schallplatten und andere Tonträger
Printed in Germany
© 1979 by Erika Klopp Verlag GmbH Berlin
Gesamtherstellung: Mohndruck Graphische Betriebe GmbH, Gütersloh
Auflagenbezeichnung (letzte Ziffern maßgebend):
Auflage: 6   5   4   3   2
Jahr: 1983 82 81 80 79

Menschenskind, wir sind vielleicht eine Familie! Das glaubt ja niemand, was wir für eine Familie sind! In der Schule, wenn ich von daheim erzähle, kein Mensch glaubt mir das. Das einzige, was sie mir glauben, ist, daß ich zwölf bin, Spinne, meine Schwester, vierzehn wird, Don sechzehn ist und dauernd vor dem Spiegel steht, um seine Pickel zu bewundern. Meine Mutter ist achtunddreißig, aber sie sieht jünger aus, und mein Vater, vierundvierzig, ist im Fußball aber noch ganz gesund bei Schuß. Wir alle sind zusammen also hundertvierundzwanzig Jahre alt. Wenn man zusammen hundertvierundzwanzig Jahre alt ist, müßte man doch etwas zu reden haben. Da müßte man sich doch durchsetzen können. Gegen einen *Drei*jährigen beispielsweise. Aber Schnecke! Der dreijährige Knirps schafft an, und wir alle, wir hundertvierundzwanzig Jahre, müssen folgen.

Der Kleine, der Dreikäsehoch, das Tüpfelchen auf dem I, wie Vater immer sagt, ist mein Bruder. Und seit der in die Familie kam, haben wir allerhand Sorgen. Vater sagt, Bero hat einen starken Willen. (Bero nennt er sich selbst, weil er Robert noch nicht sagen kann). Und das spüren wir. Außerdem ist er noch dumm und will absolut nichts begreifen. Wenn ich mit ihm zum Schrankenwärterhäuschen gehe, um ihm ein paar Züge zu zeigen, und wie die Schranke runter- und wieder raufgeht, sieht er sich das eine Weile an und verlangt plötzlich, daß ein Schiff vorüberkommen soll.
Ein Schiff auf einem Bahndamm!
Jeder Mensch sieht ein, daß das nicht geht, Bero aber nicht. Er fängt zu stampfen und zu brüllen an, kriegt einen viereckigen Mund, wird fast blau im Gesicht, nur weil kein Schiff auf den Schienen daherkommt.
Oder er sieht sich das Telefonbuch an und weint plötzlich. Wir alle laufen zusammen, weil wir denken, er hat sich weh getan. Aber nein! Er weint, weil im Telefonbuch keine Bilder sind. Er will ein Schwein und eine Kuh, eine Ente und eine Katze im Telefonbuch haben. Und wenn wir ihm erklären, daß das nicht möglich ist, brüllt er, daß das Haus zusammenfällt. Seitdem gibt's in unserem Telefonbuch einen ganzen Zoo, nur Telefonnummern kann man keine mehr drin finden.
So ist das Leben! Besonders in unserer Familie.
Bero möchte in unseren Schulheften Tankwagen und Flugzeuge sehen, und wenn er keine drin findet, malt er welche hinein. Besser gesagt, das, was er für Flugzeuge und Tankwagen hält. Fast nehme ich es unseren Lehrern nicht übel, wenn sie meinen, das kindische Gekritzel gehört nicht in ein Schulheft hinein.

Dabei sagen wir alle: Im Grunde ist er nicht schlimm. Er will nur seinen Willen durchsetzen. Er ist auch ein braver Esser, obwohl wir manchmal die ausgefallensten Dinge auf den Tisch stellen müssen, damit sie in seinen Teller hineingucken. Den Handmixer zum Beispiel oder Vaters Bohrmaschine aus dem Hobbyraum. Nur beim Staubsauger ließ sich Mutti nicht erweichen. Und die Großmutter wollte einmal auch nicht auf den Tisch steigen, obwohl Bero sich das wünschte.
Für die Großmutter ist Bero die ausgleichende Gerechtigkeit, weil sie will, daß nur alles so gemacht wird, wie sie es für richtig hält. Wir fürchten uns nämlich alle, wenn sie kommt. Sogar Vater. Wir können dann nämlich nicht so reden, wie wir sonst reden. Sie findet alles Moderne entsetzlich und hört im Radio am liebsten nur Bach. Als Vater mal eine Play-Bach-Platte kaufte, fiel sie fast in Ohnmacht. Sie hat dann drei Tage nicht mit ihm gesprochen. Großmutter darf auch nicht wissen, was wir schon alles wissen. Zum Beispiel wie wir Robert kriegten und wie er sich in Muttis Bauch schon bewegte. Kurzum, wenn Oma kommt, darf nur ganz dämlich gesprochen werden, von Wiesenblumen und schöner Fernsicht und von Bach natürlich auch. Der einzige, der sich leisten kann, was er will, ist Bero.
Wenn wir vor der Großmutter zittern, dann zittert sie vor ihm.
Wenn sie, nur so zum Beispiel, mit ihm spazierengeht und sie sagt: »In einer, höchstens anderthalb Stunden bin ich zurück«, dann ist sie in drei Stunden noch nicht da. Sie bekommt Bero einfach nicht heim. Und hat sie ihn endlich bis ans Haus geschleift, dann klingelt sie Sturm. Und unten liegt Bero auf der Straße und Oma

lehnt am Zaun, die Haare hängen ihr ins Gesicht, und sie keucht: »Ich bringe ihn nicht hinauf.«
Dann braucht Vater nur »Robert!« zu rufen, und der Bengel steht auf und kommt herein. Dann sind wir alle stolz auf Vater und auf Bero auch. Denn von uns anderen hat noch keiner der Großmutter so die Stirn geboten.
Mit einem Wort, Bero macht alle, auch uns, immer rechtschaffen müde. Und Vater sagt oft, er wüßte gar nicht, wie er und Mutti mit Bero fertig würden, wenn sie uns drei Großen nicht hätten. Aber das sagt er nur, wenn Bero schläft. Und dann sagen wir: »Er ist gar nicht so schlimm. Besonders wenn er schläft.« Und dann beratschlagen wir, wie wir Bero besser erziehen könnten. Da ist dann guter Rat teuer. Denn prügeln wollen wir ihn alle nicht. Und außerdem kann Bero so drollig sein wie ein Clown. Und Vater und Mutti sagen oft, sie würden sich freuen, wenn er ein Clown würde. Es gibt so wenige, über die man lachen kann.
Und je mehr wir dann über Bero reden, um so mehr kommen wir drauf, daß er wirklich nicht schlimm ist.
»Wenn er etwas kaputtmacht, dann wird es ja nicht kaputt, weil Bero es kaputtmachen will, sondern weil er aktiv ist«, sagt Vater. »Kinder, die nie Tisch decken, nicht Geschirr spülen, nie staubsaugen, nie selber kochen wollen, können nichts kaputtmachen, aber sie sind eben nicht aktiv.«
Bero will alles selber machen, auch das, was er noch nicht kann.
»Daß er es aber selber machen will, ist das Entscheidende«, sagt Vater.
»Wir können nicht immer nein zu ihm sagen, das haben wir bei euch auch nicht gemacht«, meint Mutter.

Das ist auch der Grund, warum alle unsere Spaziergänge, Ausflüge und Ausfahrten an zwei verschiedenen Punkten enden. Entweder an der Bahnschranke, wo die vielen Züge vorbeisausen und leider kein Schiff – oder auf einer kleinen Brücke über einem Bach, in dem zwischen großen Steinen Forellen stehen.
Auf dieser Brücke steht dann Bero und wirft Steine ins Wasser, und wer mit ihm dort hingegangen ist, muß sich beeilen, Bero genug Steine zum Hineinwerfen zu bringen. Wenn wir fünf mit ihm sind, haben wir noch immer genug zu tun. Und schnell haben wir Bero noch nie von dieser Brücke herunterbekommen.
Wir alle ahnten ja nicht, was wir mit dieser Brücke noch alles erleben würden.

Da fällt mir ein, daß ich von mir noch nichts sagte, nur, daß ich zwölf bin. Aber zwölf Jahre alt kann ein Junge oder ein Mädchen sein. Nun, ich bin kein Mädchen. Mir genügt als Mädchen auch Spinne, meine Schwester, vollkommen, und ich glaube, den Eltern auch.
Wie ich heiße?
Wenn mich ein Fremder fragt, sage ich immer, ich heiße Magnus. Natürlich heiße ich nicht so. In der Geburtsurkunde steht Manfred. Und meine Eltern nennen mich immer öfter »Baron Hieronymus«.
Das ist eine Anspielung auf Münchhausen, der ja ziemlich bekannt ist.
Und dann sagen meine Eltern, wenn sie vom Adel noch etwas hielten, würden sie mich zum Lügengrafen ernennen. Baron sei zuwenig.
Dabei lüge ich gar nicht. Ich erzähle nur Geschichten.

Alle wollen von mir Geschichten hören. Besonders in der Schule.
Großmutter hat mir nämlich drei Taschentücher geschenkt, auf die war eine Krone gestickt. Eine Herzogskrone. Natürlich haben sie in meiner Klasse alle die Krone gesehen. Und dann wollten sie wissen, von wem ich das Taschentuch habe.
Ich hätte ja sagen können, von meiner Großmutter. Dann wäre die Geschichte aber gleich aus gewesen. Kein Mensch hätte sich darüber gefreut.
So aber fragte ich zurück: »Von wem ich das Taschentuch habe?«
»Also los! Erzähl schon!« riefen sie durcheinander.
»Das ist eine lange Geschichte«, sagte ich. Das sage ich immer, denn das erhöht die Spannung. Selbst in der großen Pause werde ich mit solchen Geschichten nicht fertig. Und alle warten dann auf die nächste Pause, um zu hören, wie die Geschichte weitergeht.
»Los, los!« riefen die anderen. »Fang endlich an!«
Ich holte mein Taschentuch hervor, schnaubte direkt auf die Krone und erklärte: »Es ist eine Herzogskrone. Und die ganze Geschichte spielt in England. Ihr wißt, meine Eltern haben mich in den letzten Ferien gegen einen englischen Jungen ausgetauscht, der sein Deutsch verbessern wollte.«
»Aber der war doch kein Herzog.«
»Der natürlich nicht. Aber er hatte ein Pferd.«
»Der Herzog?«
»Nein, der Junge. Und dieses Pferd stand mir zur Verfügung. Arabisches Vollblut, mit hundert Stundenkilometern Spitze. Und in der Nähe war ein Schloß. Ein echtes Schloß mit echten Gespenstern. Ein Herzogsschloß.

Und der Herzog hatte eine Tochter und einen Haufen Hunde, und damit veranstaltete er eine Fuchsjagd. Mit den Hunden natürlich, nicht mit der Tochter. Ihr kennt doch die Gemälde, wo solch eine Jagd zu sehen ist.«
»Ja«, rief einer. »Sie haben schwarze Stiefel, weiße Hosen und rote Röcke an, und die Hunde sind braun-weiß gefleckt und haben lange, dünne Schwänze.«
»Richtig«, sagte ich. »Und da ging es auf die Fuchsjagd. Der Herzog und noch ein paar Herzöge und Grafen und Lords und natürlich auch seine Tochter. Die Hörner schallten, und wir galoppierten in den taufrischen Morgen hinaus, dem Gebell der Hunde nach. Die Herzogstochter sah blaß aus. Und ich ahnte schon, was da zu erwarten war. Ich ließ sie nicht aus den Augen.«
»Wie alt war sie?«
»Siebzehn, schätze ich, und mit langem blondem Haar, das im Wind flatterte. Ich lenkte mein Pferd an ihre Seite und fragte: ›Hoheit, ist Ihnen schlecht?‹
Aber sie biß die Zähne zusammen und lächelte nur. Doch sie blieb zurück. Der Abstand zu den Hunden und zum Hauptfeld wurde immer größer, schließlich überholten uns auch die schwächeren Reiter mit den schlechteren Pferden. Und dann, als wir über einen Graben mußten, passierte das Unglück. Das Pferd der Herzogstochter stolperte, überschlug sich, und die Herzogstochter flog in hohem Bogen gegen eine kleine Birke, was ja noch ein Glück war. Dann lag sie da, noch blasser als vorher, und stöhnte.
Ich springe aus dem Sattel, knie mich neben sie hin und frage: ›Sind Hoheit verletzt?‹ Aber sie konnte gar nicht antworten. Sie schien keine Luft zu bekommen. Da nahm ich mein sauberes Taschentuch, machte es im

Wasser naß und kühlte ihr die Stirn. Dann sah ich das Blut. Am Arm. Eine Schlagader mußte verletzt sein. Ich nahm einen Lederriemen, band den Arm ab und knotete mein zweites Taschentuch über die Wunde.«

»Du hast zwei Taschentücher bei dir gehabt?«

»Ein Sir hat immer mehrere Taschentücher bei sich«, sagte ich.

»Los, was war weiter.«

»Ja, da kniete ich nun neben ihr, die Reiter und die Meute waren schon weit entfernt, nur die Vögel zwitscherten im nahen Wald. Ich greife den Puls, der wird immer schwächer, überlege, ob ich die Herzogstochter vor mir aufs Pferd legen soll, aber da sagt sie, daß sie Schmerzen hat.

›Bleiben Sie hier‹, rufe ich und schwinge mich auf das Pferd. ›Ich hole Hilfe.‹

Das war leicht gesagt. Aber wo sollte ich sie holen? Da fiel mir ein Dorfkrug ein, und ich wußte, daß sie dort Telefon hatten. Ich galoppierte auf dem schnellsten Weg dorthin, mitten durch den Wald, das Pferd mußte sich den Weg selber suchen, sonst wäre es glatt in einen

Baum gerannt, ich liege ganz vorn auf dem Hals, auf dem Pferdehals natürlich, trotzdem peitschen mir die Äste ins Gesicht. Ich spüre, wie ein dürrer Zweig mir die Wange blutig reißt, aber das macht nichts. In fünf Minuten bin ich am Dorfkrug, springe vom Pferd, stoße die Tür auf und rufe: ›Schnell einen Arzt, die Herzogstochter ist verletzt!‹

Alles auf Englisch natürlich.

Der Wirt stürzt zum Telefon, alarmiert den Arzt. Dann läßt er ein Pferd satteln, denn mit dem Auto können wir nicht an den Unfallort. Und dann geht's wie die Wilde Jagd mit dem Arzt durch den Wald zurück. Und da liegt die Herzogstochter und hat ihr Bewußtsein verloren. Aber sie atmet noch schwach. Wir tun alles, um sie wieder ein wenig fit zu bekommen, wir machen eine Infusion, dann heben wir sie auf mein Pferd, nehmen das ihre mit und kehren so vorsichtig wie möglich zum Dorfkrug zurück. Schon ist ein Krankenwagen da, und heulend braust er mit der Herzogstochter davon.«

Die Pause war vorüber. Ich mußte aufhören. Es kam die Turnstunde. Eine flaue Stunde, denn alle wollten wissen, wie die Geschichte weiterging. Sogar ich.

»Ja«, sagte ich dann in der nächsten Pause, »es vergehen zwei Tage. Da kommt die Pflegemutter in meine Kammer gestürzt und sagt: ›Der Herzog steht draußen, und er will dich sprechen.‹

Ich gehe hinaus, und da steht er. Zuerst will er mir nur die Hand geben, englische Herzöge sind immer sehr kühl, aber dann übermannt es ihn, und er drückt mich an seine Brust. ›Mein Sohn‹, sagt er. ›Mein braver, guter Sohn!‹ – Und der Pflegemutter erklärte er: ›Er hat das Leben meiner Tochter gerettet.‹«

»Wie hieß sie eigentlich?« fragten die anderen.
»Mary Ann«, sagte ich. »Und dann lud er mich auf sein Schloß ein. Und als ich dorthin kam, empfing er mich an der Treppe, führte mich zur Bar und fragte: ›Whisky oder Fruchtsaft?‹
›Harte Männer trinken Milch‹, sagte ich.
Der Herzog zog eine Augenbraue hoch und winkte dem Butler, der verneigte sich und brachte auf einem silbernen Tablett ein Glas Milch herbei. Dann ging der Herzog selbst zu einer antiken Kommode, zog eine Schublade auf, nahm drei Taschentücher mit der Krone darauf heraus und sagte: ›Wenn du schon älter wärest, mein Sohn, dann hätte ich dir gerne meine Tochter zur Gemahlin gegeben, so aber nimm als Zeichen meines Dankes die drei Taschentücher. Sie sind noch neu.‹
Ich sagte noch so etwas wie: ›Danke, das wäre doch nicht nötig gewesen!‹ Aber er drängte sie mir geradezu auf. Dann ließ er mich in seinem Rolls-Royce nach Hause fahren.«
»Und die Tochter?«
»Die kam drei Wochen später aus dem Krankenhaus. Sie

hat mich, als ich wieder heimfuhr, an die Bahnstation begleitet und konnte beim Abschied ihre Tränen nicht unterdrücken. Ein Prachtmädchen. Wäre ich älter gewesen, hätte ich sie tatsächlich geheiratet.«

Das war die Geschichte mit den drei Taschentüchern. Aber die wollte ich gar nicht erzählen. Es geht ja um unsere Familie und Bero. Und vor allem um die Brücke über den Bach, ihr wißt schon, wo zwischen den Steinen die Forellen stehen. Und das wird auf jeden Fall eine viel längere Geschichte.

Das Ganze kam so. Großmutter war auf Besuch. Und Bero wollte von ihr das Märchen vom Rotkäppchen hören. Und da Bero es wollte, erzählte sie auch das Märchen. Sie kannte ja Beros neueste Masche nicht.

»Da war einmal ein braves, kleines Mädchen«, begann also die Großmutter, »das hatte eine kranke Großmutter.«

»Eine arme, alte Großmutter«, sagte Bero.

»Ja, richtig«, sagte die Großmutter. Und sie erzählte, wie Rotkäppchen das Körbchen voll mit guten Sachen packte, mit Wurst und Kuchen, Honig und Obst.

»Und Kondensmilch«, sagte Bero, vor dem man ja keine offene Kondensmilchbüchse stehenlassen darf.

»Auch mit Kondensmilch«, lenkte Großmutter ein. »Und so nahm das Rotkäppchen das Körbchen, ging aus der Stadt hinaus und kam an den Wald. Ei! Da blühten viele Blumen! Und da dachte sich das Rotkäppchen, da kann ich gleich einige pflücken und der Großmutter bringen, denn sie liebt ja Blumen sehr. Und so kam es mehr und mehr vom Weg ab und immer tiefer in den Wald hinein. Und als es um einen dicken, großen Baumstamm herum geht, wer steht da?«

»Ein Traktor«, sagte Robert.
»Nein«, sagte Großmutter, »ein Wolf natürlich. Das weißt du doch, ein großer, grauer Wolf.«
»Ein Traktor«, sagte Bero trocken.
»Nun hör mal zu«, versuchte es die Großmutter. »Damals gab es doch noch keine Traktoren, sondern nur Wölfe. Ein Wolf stand da hinter dem Baum.«
Bero ließ sich fallen, schlug die Hände vors Gesicht und heulte. »Ein Traktor!« schrie er.
Oma kniete sich neben Bero hin und versuchte zu erklären, daß ein Traktor ja nicht sprechen kann, und vor allem könne er sich nicht ins Bett legen und die Großmutter fressen.
»Ein Trahaktohor!« heulte Bero laut wie eine Warnboje.
Jetzt verlor die Großmutter die Geduld. »Du schlimmes Kind!« schalt sie ihn. »Ein Wolf stand dort, und der sagte . . .«
»Maamii!« schrie Bero. »Ein Traktor!«
»Was ist denn los?« fragte Mutti, als sie unseren Kleinen auf dem Teppich liegen sah.
»Er will unbedingt, daß beim Rotkäppchen kein Wolf hinter dem Traktor steht, ich meine hinter dem Baum, sondern ein Baum, nein, ein Traktor natürlich.«
»Traktor!« heulte Bero.
Mutti kniete sich zu ihm.
»Natürlich, ein Traktor steht hinter dem Baum, Wölfe gibt's ja nicht mehr im Wald, nicht wahr?«
Bero richtete sich auf. »Traktor mit Wagi«, sagte er, »und Hundi drauf.«
»Ganz recht. Und auf dem Traktor sitzt ein Bauer, und der sagt: ›Ob es will aufsteigen.‹

»Richtig, und da hilft er dem Rotkäppchen auf den Wagen hinauf, und das Hundi rückt ein bißchen zur Seite, damit das Rotkäppchen Platz hat, und der Bauer fährt es zur Großmutter.«

»Es ist erschütternd, wie ihr diesem kleinen Bengel seinen Willen laßt«, beklagte sich die Großmutter.

Mutter wurde böse. »Wir haben nicht begonnen, das Kind zu verziehen, das warst du. Erinnere dich, wie du ihm die Perlenkette gegeben hast.«

Das hörte Großmutter gar nicht gern. Denn Bero hatte die Kette zerrissen, was nicht schlimm gewesen wäre. Aber etwa die Hälfte der Perlen war damals spurlos verschwunden. Erst am nächsten Tag waren sie wieder aufgetaucht. In den Windeln Beros. Ich möchte das nicht weiter erklären.

»Traktor fährt zu Oma«, sagte Bero ungerührt.
»Ja. Und die Oma steht in der Haustür und winkt schon von weitem. Und sie freut sich, daß das Rotkäppchen kommt.«
»Hubschrauber?« fragte Bero vorsichtig.
»Ja, und ein Hubschrauber kommt auch, und er geht direkt vor Großmutters Haus herunter und landet.«
»Was macht ein Hubschrauber mit dem Rotkäppchen?« fragte Großmutter böse.
»Männer vom Mond«, sagte Bero.
»Ja, richtig«, sagte Mutti, »und er bringt drei Männer, die auf dem Mond waren, und die dürfen nun auch Kuchen essen und Kakao trinken und . . .«
»Kondensmilch.«
»Auch die, und da freuen sich alle, daß die drei Männer vom Mond zurück sind. Auch der Bauer auf dem Traktor.«
»Hundi!«
»Richtig, und das Hundi auf dem Wagen auch. Und damit ist das Märchen vom Rotkäppchen aus.«
Bero ist wieder in Ordnung, baut sich vor der Großmutter auf, legt die Stirn in Falten und sagt mit tiefer Stimme: »Kein Wolf hinterm Baum im Wald! Nein, gar kein Wolf!«
»Das ist doch kein Märchen mehr«, sagte Großmutter gekränkt. »Ich sehe schon, daß ich keine mehr werde erzählen können. Immer das technische Zeugs.«
»Mit dem wird er aber zu tun haben«, sagte Mutti. »Mit Wölfen kaum.«
»Darf ich dann wenigstens noch mit ihm spazierengehen?«
»Jetzt tu doch nicht gekränkt, Mutter. Er ist doch nicht

bös, wenn er durchaus einen Traktor hinter dem Baum haben will. Ein Panzerwagen würde mich eher erschrecken.«
Großmutter schwieg und dachte wahrscheinlich an Bach oder vielleicht auch an Mozart. Und Mutter schwieg auch.
Nur Bero sagte: »Zur Brücke will er.«
Und dann ging Großmutter mit ihm und sagte: »In zwei Stunden etwa sind wir wieder zurück.«
Es wurden drei Stunden, und vier Stunden, und Vater kam aus dem Büro und fragte: »Ist das nicht ein bißchen lang, vier Stunden?«
»Sie kommen bestimmt bald«, beruhigte ihn Mutti.
»Ich sehe Bero auf der Brücke liegen und Oma am Geländer lehnen«, sagte Vater. »Und sie hat Schmerzen im Kreuz, weil sie ihm so viele Steine bringen mußte. Vielleicht sogar schon Schwielen an den Händen.«
»Übertreib nicht so«, sagte Mutti.
Da klingelte es.
Wir alle stürzten zur Tür, aber es war nicht die Großmutter mit Bero. Es war ein Bauernbursch, der den Hut aus der Stirn schob und fragte, ob wir Krämer hießen.
Vater wies auf das Türschild.
»Also, mich schickt die Großmutter.«
»Ist Bero in den Bach gefallen?« fragte Mutti entsetzt.
»Nein, nein, sie kriegt den Kleinen nur nicht von der Brücke herunter. Und es soll jemand kommen und ihr helfen.«
»Ich wußte es ja«, sagte Vater. »Ich kenne doch meinen Sohn. Als ich gleich von Anfang an ein bißchen strenger mit ihm sein wollte, schalt mich dieselbe Großmutter hartherzig, es sei doch noch ein so kleines Baby.«

»Also dann«, sagte der Bauernbursch.
»Wie sollen wir Ihnen das danken?« fragte Mutti.
»Ach, nicht der Rede wert.« Und schon rannte der Bauernbursch die Treppe hinunter.
»Ja, da werde ich wohl hinfahren müssen, sonst sind die beiden morgen noch immer auf der Brücke«, meinte Vater.
Ich durfte mitfahren.
Schon von weitem sahen wir die beiden, Großmutter schleppte immer noch Steine herbei. Wir stellten den Wagen bei einer Scheune ab und gingen die letzten hundert Meter. Bero zeigte überhaupt kein schlechtes Gewissen.

»Noch ein Stein«, sagte er. Und Großmutter reichte ihm einen.
»Schluß jetzt!« rief Vater. »Jetzt wird endlich nach Hause gegangen.«
»Ein Stein noch«, bettelte Bero Vater an.
»Also gut, ein Stein noch, aber dann ist Schluß, hörst du?« Er brachte Bero einen Stein.
Der warf ihn in den Bach und erklärte grinsend: »Stein hat plumps macht.«
»Fein. Und jetzt gehen wir.«
»Manfred auch noch ein Stein«, sagte Bero.
»Also gut.« Ich brachte auch noch einen.
Eine dreiviertel Stunde später kamen Mutti und Spinne auf ihren Rädern.
»Ich verstehe nicht, daß du so nachgiebig bist«, sagte Mutti zu Vater. »Man kann sich von einem kleinen Jungen doch nicht so tyrannisieren lassen.«
»Noch ein Stein«, sagte Bero zu Mutti.
»Also gut, einen Stein noch, aber dann ist Schluß«, sagte Mutti.
»Spinne auch noch einen Stein.«
Eine halbe Stunde später war Don mit seinem Moped an der Brücke. »Der Bauer schickt den Jockel aus«, rief er. »Man kann ja nur hoffen, daß niemand erfährt, wie uns der Knirps an der Nase herumführt.«
»Noch ein Stein«, grinste Bero Don an.
»Von mir kriegst du keinen, du Quälgeist!« schrie Don. Aber dann bückte er sich und gab Bero doch einen Stein.
»Jetzt alle noch einen«, sagte Bero nachher.
Als wir heimfuhren, dunkelte es schon. Großmutter und Bero schliefen sofort im Wagen ein. Großmutter

bekamen wir an unserem Haus noch wach. Bero nicht mehr. Er schlief, während wir ihn hinauftrugen, auszogen, wuschen, für das Bett ankleideten und ins Bett legten.
Dafür verlangte er am nächsten Morgen um fünf, daß wir auch ausgeschlafen sein sollten.
Das ist unser Familienleben.

Großmutter hatte eine Entdeckung gemacht. Sie beklagte sich, unser Bero sei ängstlich.
»Ängstlich, wieso?« fragte Mutti.
»Er fürchtet sich vor manchen Straßen.«
Mutter wurde blaß. »Vor Straßen?« fragte sie noch einmal.
»Ja. Er will und will in manche Straßen nicht hineingehen. Sträubt sich, klammert sich an mich und zieht mich in eine andere Richtung.«
»Ich weiß nicht«, sagte Mutter, »mir ist das noch nicht aufgefallen.«
»Du warst auch ein so ängstliches Kind«, sagte Großmutter. »Kaum warst du vom Haus weg, hast du dich gefürchtet.«
»Aber doch nicht Bero!«
»Doch, er fürchtet sich. Ich weiß es genau.«
Meine Mutter wollte mit Vater darüber reden.
»Er ist sensibler als ihr denkt«, sagte Großmutter.
»Vielleicht hat er zuwenig Liebe.«
»Wir sind fünf, die ihn lieben«, sagte Mutter bös, »nun hör aber auf.«
»Vielleicht ist es nicht genug.«
»Bero will nicht abgedrückt werden, wie du es immer

versuchst«, sagte ich. »Er sträubt sich dagegen. Er mag das nicht.«
»Das verstehst du nicht«, sagte die Großmutter, »es ist die Nestwärme. Und er fürchtet sich.«
Ich ärgerte mich, weil Großmutter sagte, daß ich das nicht verstehe. Als sie am Nachmittag mit Bero spazierenging, schlich ich den beiden nach.
Bero zeigte zunächst absolut keine Angst, in Straßen hineinzugehen, er schien Kreuzungen oder den Beginn einer neuen Straße überhaupt nicht zu bemerken.
Erst als die Großmutter den Rückweg einschlug, sträubte er sich.
»Nein, nein, nein«, schrie er, »nicht da reingehen!«
Oma war ratlos. Sie versuchte es noch einmal, aber Bero lag schon auf dem Gehsteig. »Nicht da weiter!« brüllte er.
Oma hob ihn auf und tröstete ihn. Bero nahm sie an der Hand und führte sie an der Kreuzung weiter, in die linke Straße hinein, die wieder von unserem Haus wegführte.
Nachdem sich das ein paarmal wiederholt hatte, wußte ich, der Knirps hatte nicht Schiß, er wollte nur noch immer einen Umweg machen, um möglichst lange spazierengehen zu können.
Ich lief schnurstracks nach Hause und erzählte Mutti, was ich beobachtet hatte. Dann kam Vater nach Hause, und wir erzählten es ihm.
Er grinste und sagte: »Ich muß mir den Knirps einmal vornehmen. Es geht jetzt langsam wirklich zu weit. Er muß einmal merken, daß jemand da ist, der einen stärkeren Willen hat als er.«
»Soll ich es einmal versuchen?« sagte ich.
»Nein, das ist lieb von dir, daß du mir das abnehmen

willst, aber ich mache mich morgen nachmittag frei und gehe mit ihm zur Brücke.«
Ich wollte noch etwas sagen, hielt mich aber zurück, denn es begann gerade Sturm zu läuten.
Wir rannten alle zur Tür und sahen aus dem Flurfenster auf das Gartentor.
Unten lehnte Großmutter am Zaun, und Bero fürchtete sich scheinbar sehr, durch das Gartentor zu gehen.
»Robert!« rief mein Vater in einem Ton, der selbst mir immer bis in die Knochen geht. Und Robert kam angetrabt wie ein Lämmchen.
»Schade, daß niemand von euch mit war«, sagte Großmutter, »ihr hättet es sonst sehen können. Er fürchtet sich geradezu, in eine Straße hineinzugehen. Ihr solltet einmal zu einem Psychiater mit ihm. Vielleicht hat er Platzangst.«
Wir drei lächelten.
»Es regt euch gar nicht auf«, sagte Großmutter. »*Ich* bin sehr beunruhigt.«
»Wir reden dann darüber, wenn der Kleine nicht dabei ist«, sagte der Vater. »Kommt erst einmal ins Haus.«
»Warum aufschieben?« wollte die Großmutter wissen.
»Weil ich nicht will, daß er hört, was wir über ihn sprechen. Er versteht nämlich schon alles.«
»Das kleine Baby?«
»Er ist kein Baby mehr und außerdem schlauer als du denkst.«
Als wir Bero in die Badewanne verfrachtet hatten, wollte Vater noch einmal wissen, wie Bero sich fürchtete.
Großmutter schilderte, wie er sich sträubte, in gewisse Straßenzüge hineinzugehen, wie er sich an sie klam-

mere, sie zurückziehe, sich auf den Boden werfe und so weiter.

»Und die Straßen, vor denen er sich fürchtet, sind immer solche, die nach Hause führen?«

»Nein«, sagte die Großmutter. »Ich denke, sie sind ihm vielleicht zu fremd.«

»Konkret gefragt, fürchtet er sich auch vor Straßen, solange du dich von unserem Haus entfernst?«

Großmutter wußte es nicht sicher.

»Überlege!« sagte Vater, als wäre er Kriminalkommissar.

»Ich kann es wirklich nicht sagen«, meinte Großmutter nach längerem Nachdenken.

»Er sträubt sich nur auf dem Nachhauseweg«, sagte ich nun. Ich zählte alle Straßen auf, die er nicht weitergehen wollte.

»Er hat dich immer nach links abgedrängt«, sagte Vater, »er wollte einfach nicht nach Hause, das ist es.«

»Nein«, sagte Großmutter, »das gibt es nicht. Die Angst stand ihm doch im Gesicht geschrieben. Außerdem fehlt so einem Baby die Orientierung.«

»Auch wenn er auf dem Boden lag und du sein Gesicht nicht sehen konntest?«

Großmutter wurde böse. »Auf jeden Fall hat er zuwenig Liebe«, sagte sie.

»Ach«, sagte Vater, »der hat nur entdeckt, daß er einen Willen hat, wie wir hoffentlich alle, und den probiert er jetzt aus. Er testet uns gewissermaßen. Er will sehen, was er sich erlauben darf, wie groß sein Spielraum ist. Das ist es. Und damit er gleich sieht, daß er sich nicht alles erlauben kann, werde ich morgen nachmittag einmal mit ihm allein losziehen. Ich möchte doch se-

hen, ob wir ihn nicht wenigstens ein bißchen kleinkriegen.«
Wir hatten es nicht bemerkt, aber Spinne war ins Zimmer gekommen. Jetzt lächelte sie vieldeutig.
»Warum lachst du?« fragte Vater.
»Lache ich?« fragte Spinne zurück.
»Natürlich, und du weißt es auch. Warum lachst du?«
»Weil ich neugierig bin, was morgen passiert.«
Ich war plötzlich auch neugierig. Eigentlich war die Sache spannend. Don – wir sagen zu ihm Don, weil er Johannes heißt, in Spanien also Don Juan wäre –, Don fand es auch spannend.
Als Mutter uns bat, das Badezimmer trocken zu machen, fand er sogar: »Wir werden unsere blauen Wunder erleben.«
»Wieso meinst du das?« fragte Spinne.
»Ich hab' das so im Gefühl«, antwortete Don. Dann fluchte er.

Im Badezimmer stand das Wasser wieder zentimeterhoch, dafür war die Badewanne fast trocken. Bero gelingt es immer, die Badewanne von Wasser zu säubern. Er wirft sich so lange in sie hinein, bis auch der letzte Tropfen nach draußen gespritzt ist.

»Der und Angst!« sagte Don, der sonst nicht so gesprächig ist. »Mit diesem Helden werden wir tatsächlich noch unsere blauen Wunder erleben.«

Wenn Vater mit Bero schnurstracks von unserem Haus aufgebrochen wäre, um den Himalaja zu besteigen oder den Mond zu betreten, hätten wir nicht aufgeregter sein können.

»Ein bißchen Proviant könnten wir wohl mitnehmen«, sagte er.

Mutter machte zwei belegte Brote, packte sie ein und gab Äpfel und Orangen dazu.

»Ja«, sagte Vater, »dann werden wir zwei Männer aufbrechen, nicht wahr, Bero?«

Bero nickte.

Vater sah wie ein Offizier, der eine Schlacht einteilt, auf die Uhr und sagte: »Auf meiner Uhr ist es nun vierzehn Uhr fünfundvierzig. Ich habe sie vorhin bei den Nachrichten gestellt.«

Wir verglichen seine Zeit mit der auf unseren Uhren und stellten die Uhren richtig.

»Eine halbe Stunde brauchen wir, bis wir bei der Brücke sind, dann ist es fünfzehn Uhr fünfzehn. Zwei Stunden bleiben wir dort. Dann gehen wir vielleicht fünfundvierzig Minuten zurück. Also Punkt achtzehn Uhr sind wir hier. Da kann dann schon sein Badewasser eingelas-

sen sein und sein Haferflockenbrei aufgestellt werden.«
Mutter sah etwas ungläubig drein. »Notfalls«, meinte sie, »kann er ja eine Kleinigkeit warten.«
»Verlaß dich drauf, achtzehn Uhr!« sagte der Vater noch einmal, zog die Uhr auf, verabschiedete sich von uns, als ginge er auf große Fahrt, und dann sahen wir ihnen nach. Sie gingen beide, die Hände am Rücken verschränkt, munter fürbaß.
Dann sah Spinne mich an, ich Mutti und Mutti Don. Wir hatten ein seltsames Gefühl im Magen. Erst als Großmutter sagte, Vater sei bestimmt nicht um sechs zurück, meinten wir einstimmig: »Vater schafft das auf jeden Fall.«
Dann ließ Mutti zehn vor sechs das Bad für Bero ein. Wir warteten und wagten nicht, auf die Straße hinauszusehen. Die Minuten schlichen dahin, und wir saßen auf dem Sprung, um beim ersten Anschlag der Klingel hochzuschießen, zur Tür zu rennen und sie zu öffnen.
Fünf Minuten vor sechs. Vier Minuten vor sechs. Aufgeregter konnten die Astronauten beim Countdown zweihundert Sekunden vor dem Start auch nicht sein. Die letzte Minute brach an, dann die letzte halbe Minute.
Dann zählten wir laut: »Zehn, neun, acht, sieben, sechs, fünf, vier, drei, zwei, eins, zero!«
Die Klingel blieb stumm. Das Raumschiff startete nicht. Vater war mit Bero nicht fertig geworden.
Großmutter lächelte stumm, und wir schämten uns.
Um halb sieben fragte Mutter: »Will einer von euch schnell baden, ehe das Wasser ganz kalt wird?«
Ich opferte mich. Zehn vor sieben ließen wir das Bad

wieder ein. Aber wer Punkt sieben nicht da war, das waren Vater und Bero.
Diesmal ging Spinne baden. Dann badete Don und schließlich Mutti, und als sich gerade Oma zum Bad fertig machen wollte, klingelte es. Es war mittlerweile zwanzig nach acht geworden. Vater stand strahlend mit Bero vor der Tür und zeigte uns in einem Plastiksack ein halbes Dutzend Forellen.
»Ist es jetzt sechs?« fragte Mutter mit müder Stimme.
»Nein, aber rate, was ich getan habe!«
»Steine für Bero rangeholt«, sagte Mutter niedergeschlagen, führte Bero ins Kinderzimmer und begann ihn auszukleiden.
»Das auch«, sagte Vater, »aber da ist noch etwas.«
»Fische gestohlen«, sagte Mutter. »Oder sind sie dir nachgelaufen?«

»Ach Quatsch, die hab' ich von dem Bauern, dem der Bach gehört.«
»Um sechs Uhr hätten mich die Forellen mehr gefreut«, meinte Mutti.
»Also was hab ich getan?« fragte Vater. »Ratet!«
»Mit geangelt.«
»Nein. Etwas gekauft. Was wohl?«
»Eine Fuhre Kieselsteine, weil die Steine rings um die Brücke langsam ausgehen.«
»Nein«, sagte Vater. »Was denkt ihr, was ich gekauft habe?«
Er ließ nicht locker, und wir versuchten zu raten. Wir rieten eine Katze, einen Hund, einen kleinen Esel, ein halbes Schwein, zwei Hühner und dreißig Eier, aber das war es alles nicht.
»Es ist etwas ganz anderes«, sagte Vater.
Wir rieten weiter, einen Christbaum für Weihnachten, ein Grundstück, um ein Sommerhäuschen darauf zu bauen, einen Kuhstall, eine Scheune, einen Bauernhof. Aber wir kamen nicht drauf, was Vater gekauft haben konnte.
Endlich fragte Don ziemlich erschöpft: »Ein guter Gebrauchttraktor ist es auch nicht?«
»Nein«, sagte Vater. »Ihr kommt nicht drauf. Denn normalerweise gibt es das, was ich gekauft habe, gar nicht zu kaufen.«
»Hat dir der Bauer vielleicht fünf Kilo Sonnenschein verkauft?«
»Ich hab's!« rief ich, »Erde für unseren Vorgarten.«
»Aber nein«, sagte Vater, »daß ihr da nicht draufkommt, wo war ich denn mit Bero?«
»Bei der Brücke.«

»Nun, und wenn ich bei der Brücke war, was werd' ich da gekauft haben?«
Uns fiel es nicht ein.
»Die Brücke natürlich«, sagte nun Vater. »Diese schöne, gute alte Holzbrücke.«
Mutter setzte sich. »Und in welches Zimmer willst du sie stellen?«
»Mädchen, tu doch nicht so!« sagte Vater. »Die Brücke bleibt dort.«
»Dort war sie schon die ganze Zeit, nur hat uns das bis jetzt keinen Pfennig gekostet.«
»Ja, aber bis jetzt hätten wir auf die Brücke auch kein Haus bauen können.«
»Auf die Brücke ein was?« fragte Mutter und sprang auf.
»Ein Haus«, sagte Vater, als wäre das die natürlichste Sache der Welt, Häuser auf Brücken zu bauen.
»Ein Haus auf der Brücke?« Mutter schien verzweifelt. »Wohin soll das führen?« fragte sie. »Mitten auf der Brücke ein Haus.«
»Wir bauen uns ein schönes Holzhaus drauf, ziehen hinein, und dann müssen wir hier keine Miete mehr zahlen. Sie sagen doch immer, zahl Miete in die eigene Tasche.«
»Und wenn ein Auto kommt und über die Brücke will?«
»Dann schicken wir es auf den richtigen Weg, der in ein paar Wochen gebaut werden soll, mit einer neuen, breiteren Brücke.«
»Hoffentlich«, sagte Mutti und begann Bero zu füttern.

Wenn ich selbst auch nicht von Vaters Kauf begeistert war, so muß ich doch zugeben, es ist ein eigenartiges Gefühl, auf einer Brücke zu stehen und zu wissen, daß einem diese Brücke gehört. Versucht es mal! Stellt euch auf eine Brücke, die euch gehört, dann wißt ihr's ganz genau.
Es war übrigens eine wirklich schöne und gut erhaltene Brücke. Mit dicken Balken und Brettern und einem schönen Geländer. Wenn der Bauer mit dem Traktor oder dem Mähdrescher darüber fuhr, rumpelte sie, als sei ihr das angenehm. Die Lager auf beiden Seiten des Baches waren sauber betoniert und konnten auch vom ärgsten Hochwasser nicht ausgewaschen werden. Und das Bachwasser war klar, man konnte die Steine auf dem Grund zählen und auch die Forellen, die sich an die größeren Steine schmiegten.
Auch Spinne und Don waren über Vaters Einfall nicht sehr begeistert.
Erst als Großmama mit schriller Stimme sagte: »Ein Haus auf einer Brücke? Da bekommt ihr mich nie hinein!« Erst da sagten wir: »Das war eine prächtige Idee von dir, Papsch! Fein, daß du die Brücke gekauft hast!«
Und wir erzählten überall, besonders in der Schule, daß wir bald in einem Haus auf einer Brücke wohnen werden.
Zuerst wollten es meine Klassenkameraden nicht glauben.
Doch als ich sagte, daß ich dann die Angel nur zum Fenster hinauszuwerfen brauche, wenn ich Hausaufgaben mache, da begannen sie es zu glauben.
»Ich sitze dann da und arbeite, und wenn es bimmelt, hat eine Forelle angebissen, und ich hole sie heraus.«

»Und dann bringst du sie um?«
»Nein, ich werfe sie in einen Behälter«, sage ich. »Und dann können wir zur Fischzuchtanstalt fahren und immer wieder junge Forellen kaufen und im Bach ansetzen. Morgens, mittags und abends füttern wir dann die Forellen vom Küchenfenster aus. Sie kommen herangeschwommen, wie Hühner gelaufen kommen, wenn man ›Putt, putt, putt‹ macht und Körner auf den Hof streut, und holen sich ihr Futter. Nur...«
»Was nur?«
»Sie gackern nicht.«
Die anderen glotzten mich an. »Möglich, daß ich auch einige Forellen dressiere«, sagte ich. »Daß sie durch Reifen springen, mit einem Ball köpfeln oder ihr Futter aus meinem Mund holen. Sie könnten dann auch an einem Glockenstrang ziehen und die Glocke zum Läuten bringen, und was es sonst noch alles gibt. Einen dreifachen Salto zum Beispiel.«
»Mensch, wenn du das fertigbringst.«
»Mit Geduld und Liebe wird es schon gehen.«
»Dann kannst du Eintritt kassieren, wenn sie solche Kunststücke machen.«
»Selbstverständlich, oder was habt ihr gedacht? Ihr bekommt natürlich Freikarten.«
»Und wenn ein Raubfisch kommt?« fragte Hänschen der Ängstliche.
»Natürlich werd' ich mir eine Harpune kaufen müssen.«
»Und einen Dolch auch?«
»Selbstverständlich. Und wenn dann der Hai kommt, öffne ich ganz leise das Fenster und warte, bis er direkt unter mir steht. Dann steige ich ganz vorsichtig auf das

Fensterbrett, die Harpune in der Rechten, das Seil in der Linken, das Messer im Mund, und im richtigen Augenblick, ganz genau im richtigen Augenblick springe ich hinunter, setze mich rittlings auf den Hai, jage ihm die Harpune in den Leib, feßle seine Flossen und warte mit dem Messer in der Hand, was er tut. Wie er sich aufbäumt, gebe ich ihm den Gnadenstoß, damit er nicht unnötig lange leidet.«
»Mensch«, sagte Max. »Und was tust du mit dem Riesenhai?«
»Ich verkaufe ihn an ein Museum.«
»Und was machst du mit dem Geld, das du dafür kriegst?«
»Damit kaufe ich wieder kleine Forellen in der Fischzuchtanstalt.«
»Ja, aber was machst du mit so vielen Forellen?«
»Ich verkaufe sie.«
»Dann hast du ja wieder Geld. Was machst du dann damit?«
»Dann werde ich einfach Millionär.«
Jetzt wußten sie nichts mehr zu sagen, und ich hatte meine Ruhe. Ich dachte mir aus, was ich machen würde, wenn ich Millionär wäre.
Zunächst einmal würde ich wohl unsere Schule auf Glanz herrichten und den Sportplatz mit einer neuen Rasendecke versehen lassen. Eine Menge würde ich verbessern lassen, den Turnsaal, den Pausenflur und die Toiletten. Möglicherweise auch den Mathematiklehrer. Das alte Gerümpel aus dem Lehrmittelkabinett würde ich hinausschmeißen und für jedes Klassenzimmer einen Fernsehapparat kaufen. Und einen Computer, der mit den richtigen Ergebnissen aller Mathematikschul-

arbeiten gefüttert ist. Auch ein Kühlschrank würde sich in jeder Klasse gut machen, hatte man Durst, ging man hin, öffnete ihn und holte sich eine Flasche Limo heraus. Allerdings dürften die anderen keinen Unfug mit den Trinkhalmen anstellen.
Als ich heimging, war ich noch immer Millionär. Nur so in Gedanken. Unten wartete mein Schofför, riß die Tür zum Mercedes 600 auf, ich stieg ein, ließ mich auf den Sitz sinken und überreichte die Schulmappe meinem Sekretär und sagte: »Bitte, erledigen Sie das, Möller. Um vier erzählen Sie mir etwas über Alexander den Großen«, oder was sonst halt gerade dran war. Es mußte herrlich sein. Zu Hause, in meinem Zimmer auf der Brücke, würde ich mir einen Fußboden aus Glas machen lassen, damit man, wenn man sich hinsetzt, in den Bach sehen konnte. Die paar Schlingpflanzen am Ufer und vor allem die vielen Forellen, die sich im klaren Wasser tummelten. Es mußte natürlich ganz dickes Glas sein, damit es sich nicht allzusehr durchbog und am Ende brach. Natürlich konnte man keinen Teppich auflegen, weil sonst der ganze Effekt mit dem Bach verlorenging. Höchstens, jemand erfand einen vollkommen durchsichtigen Teppich.
Vater, dem ich dann die Sache vorschlug, fand die Idee mit dem Fußboden aus Glas ziemlich versponnen.
»Wir sind doch keine Millionäre«, sagte er.
Da erst fiel mir ein, daß ich auch keiner war.

Dann schauten wir uns Fertighäuser aus Holz an. Ein skandinavisches gefiel uns am besten. Es war auch in den Ausmaßen so, daß es direkt auf die Brücke paßte.

Unten waren ein hübsches großes Wohnzimmer, die Küche, eine Vorratskammer und die Toilette und ein kleineres Zimmer, oben waren die Schlafzimmer und das Bad.
»Das ganze Haus riecht nach nordischen Wäldern«, sagte Mutti, obwohl wir noch nie nordische Wälder gerochen hatten.
Und Spinne meinte: »Eigentlich müßten Rentiere zum Fenster hereinsehen.«
Vater war über die vielen Einbauschränke begeistert. Mutti über die Küche. Don interessierte sich für die Schall- und Wärmeisolierung, ich für den Feuerschutz.
»Wie lange ist die Bauzeit?« fragte Vater.
»Wenn Sie das Fundament haben, nicht ganz eine Woche. Es sind in der Hauptsache Fertigwände.«

»Das Fundament hätten wir«, sagte Vater, und wir grinsten alle.

»Mit Keller?« fragte der Mann, der die Fertighäuser verkaufte.

»Nicht direkt.«

»Und Wasser haben Sie auch?«

»Ziemlich viel sogar.«

»Elektrisches Licht?«

»Auch.«

»Zufahrtsweg?«

»Ist vorhanden«, sagte Vater, »bis zum Fundament.«

Wir konnten uns kaum mehr vor Lachen halten.

»Und wo soll das Haus hinkommen?«

»Auf die Brücke über den Mühlbach.«

»Auf die Brü...?« fragte der Mann. »Über den Mühl...? Sie meinen wohl neben die Brücke?«

»Nein, drauf.«

»Mitten auf die Brücke?«

»Mitten auf die Brücke.« Der Vater zeigte ihm den Kaufvertrag über die Brücke.

»Ein seltsamer Einfall«, sagte der Mann. »Wir haben schon ein Haus um einen Baum herum gebaut. Sie verstehen, eine alte Linde, mitten im Wohnzimmer, wir ließen einmal auch im Badezimmer einen Felsen stehen, auf Wunsch des Käufers natürlich. Aber ein Haus auf einer Brücke ist mir neu.«

»Und deshalb hätten wir gern auch noch ein Fenster mehr, geht das?«

»Aber selbstverständlich. Ich brauche nur der Firma in den hohen Norden hinauf zu telefonieren, dann wird Ihr Wunsch berücksichtigt. In welchem Raum wollen Sie das Fenster?«

»Im Wohnzimmer.«
»Aber da besteht die eine Außenwand ohnehin schon fast nur aus Fenstern, es ist praktisch eine Glaswand.«
»Ich weiß«, sagte Vater. »Wir wollen das Fenster auch nicht in irgendeiner Wand haben.«
»Sondern?«
»Im Fußboden.«
Der Mann stützte sich auf eine Stuhllehne. »Ein Fenster im Fuß...«, sagte er dann mit leiser Stimme. »Ich werde anfragen, ob es geht.«
»Du mußt sagen«, schaltete sich Mutti ein, »daß es nicht unbedingt geöffnet werden muß. Es kann nur eine fest eingelassene Scheibe sein.«
»Natürlich«, sagte der Vater. »Kein Fenster zum Öffnen. Sonst fällt uns einmal teurer Besuch in den Bach.«
»Die Oma!« rief Bero.
»Sei ruhig«, sagte Mutti.
»Ein festes Fenster«, wiederholte der Verkäufer. »Ich verstehe, ein Durchblick. Dickes, durchsichtiges Glas.«
»Wenn es nicht zu teuer kommt.«
»Natürlich, ich werde mich erkundigen.«
»Man erspart sich dann gewissermaßen das Aquarium im Haus«, erklärte der Vater, »man sitzt im Wohnzimmer und sieht den Forellen unten zu.«
»Eine geniale Idee. Nur...«
»Nur?«
»Was machen Sie, wenn jemand über die Brücke will? Bitte, einen Fußgänger können Sie ja durch das Haus lassen, aber wenn ein Lastkraftwagen kommt?«
»Die Brücke und der Weg, der zu ihr führt, werden aufgelassen. Etwas weiter unterhalb werden ein neuer Weg und eine neue Brücke gebaut.«

»Jetzt bin ich beruhigt!« rief der Verkäufer. »Natürlich, jetzt sehe ich klar. Ich sah schon Autos durch Ihr Wohnzimmer fahren, denn theoretisch ginge es, mit den schönen großen, bis zum Fußboden reichenden Fenstern, die Sie zur Seite schieben können.«
»Autos im Wohnzimmer«, sagte Mutti, »das fehlte mir noch.«
»Aber lustig wäre es«, meinte Spinne. »Wir hätten dann das lustigste Haus weit und breit.«
Dann setzte sich Vater hin und unterschrieb einen Vorvertrag.
Ich sah Don und Spinne an und merkte, daß auch ihnen ganz feierlich zumute wurde. Auch Mutti war in Gedanken versunken. Plötzlich aber schrak sie zusammen und rief: »Um Gottes willen, wo ist Bero hin?«
Wir sahen uns um. Bero war tatsächlich nicht zu sehen. Wir liefen aus dem Wohnzimmer des Musterhauses, in die Diele, in die Küche, auf die Toilette und dann die Treppe hinauf zu den Schlafzimmern. Nirgends war Bero zu sehen.
»Wenn er nur nicht ins Wasser gefallen ist«, sagte Mutti in der Aufregung.
Vater beruhigte sie: »Aber das Haus steht doch noch gar nicht auf der Brücke.«
Schließlich fanden wir Bero. Auf dem Boden der Speisekammer. Da standen nämlich in den Stellagen einige rote Schwedenpferdchen, und zu denen hatte er sich hingezogen gefühlt.
Er spielte mit einigen Pferdchen seelenruhig auf dem Boden, hielt uns eines entgegen und sagte: »Soba« – das war sein Wort für solch –, »soba eins will ich haben.«
Der Verkäufer schenkte ihm ein Pferdchen.

»Wie sagt man nun?« fragte Vater, weil er hoffte, Bero würde sich bedanken.
Bero war dankbar für die Anregung und sagte: »Noch eins.«
Der Händler schenkte ihm noch ein rotes Pferdchen.
»Gut, und wie sagst du jetzt?«
»Einpacken«, sagte Bero. Denn nur was eingepackt war, hielt er für gesichert.
Der Mann packte die Pferdchen ein.
»Und wie sagt man jetzt?« fragte Vater.
»Wiedersehen«, sagte Bero.
»Du sollst schön ›danke schön‹ sagen.«
Bero lächelte sein gewinnendstes Lächeln und sagte: »Vielleicht morgen.«
»Lassen Sie, ein heller Kopf, dieser Knabe«, sagte der Mann. »Wie ist denn das? Wird so ein kleiner Bengel nicht von seinen größeren Geschwistern ein bißchen unterdrückt?«
Don ließ sich in einen Sessel fallen. Spinne lachte laut auf, mir fehlten die Worte.
Nur Mutti fand die richtige Erwiderung. »Sie hätten anders fragen müssen«, sagte sie. »Das Gegenteil ist eher der Fall.«

Keiner von uns hatte gedacht, daß die Wochen vor dem Umzug so aufregend sein würden. Wenn Vater heimkam, setzte er sich sofort hin und rechnete, Mutter packte alles, was wir nicht in absehbarer Zeit brauchten, in Kisten und Kartons. Bero holte, wenn wir nicht sehr auf ihn achteten, das meiste wieder heraus.
Zwischendurch rannten oder fuhren wir zu unserer

Brücke, um zu sehen, ob sie noch da war. Dann liefen wir das Stück am Ufer bachabwärts, wo der neue Weg und die neue Brücke gebaut werden sollten. Und auch da klappte alles, die Arbeiter arbeiteten, die Betonierer betonierten und der Ingenieur schaffte an. Nur die Teile für die Brücke waren noch nicht alle da. Lediglich das Geländer war schon vollzählig.
Wieder daheim, klingelte das Telefon, und der Mann vom skandinavischen Fertighaus meldete, daß wir das Fußbodenfenster bekämen, und zwar ganz umsonst, wenn er für die Werbung einige Fotos von dem Haus machen dürfe. Und dann sagte er, daß das Haus schon unterwegs sei. Und er rief an, als es in Hamburg mit dem Schiff ankam, und er sagte uns den Tag, an dem es auf die Eisenbahn verladen wurde.
Das war eine feierliche Sache.
Unser Haus kam auf der Eisenbahn zu uns angerollt.
»Mensch«, riefen sie in der Schule, »auf der Eisenbahn!«
»Ja«, bestätigte ich, »auf jedem Wagen ein Zimmer. Nur für das Wohnzimmer brauchen sie zwei. Und zwischen Haßfurth und Wankelsbühl mußten sie eigens einen Tunnel erweitern, damit sie das Wohnzimmer durchbekamen.«
»War es zu hoch?« fragte der lange Max.
»Nein, zu breit.«
Da wollten sie alle zum Bahnhof, um zu sehen, wann unser Haus ankam.
Nun war guter Rat teuer, denn ich wußte genau, daß natürlich nur die fertigen Wände und Deckenteile ankamen, und daß die Zimmer und das ganze Haus erst an Ort und Stelle zusammengesetzt wurden.

»Soviel ich weiß, kommt es zwischen Mitternacht und drei Uhr früh«, sagte ich. »Und dann wird in der Nacht gleich alles zur Brücke gebracht. Dort steht schon ein mächtiger Kran und hebt alles an seinen Platz. Und im Wohnzimmer haben wir ein Fenster im Fußboden.«
»Wozu?« fragte der neugierige Egon.
»Damit wir erforschen können, wohin die Forellen schlafen gehen«, antwortete ich. »Ich möchte mich ein bißchen wissenschaftlich betätigen, versteht ihr? Außerdem können dann die Forellen auch zu uns hineinschauen. Wir stellen den Fernsehapparat so hin, daß sie zuschauen können, da werde ich dann feststellen, was sie am meisten interessiert.«
»Du bist verrückt«, sagte Hänschen.
»Alles wahr«, sagte ich. »Ich werde dir das Fenster im Fußboden zeigen.«
Daheim war dann wieder große Aufregung. Bero wollte zu Mittag nicht schlafen, er stand in seinem Bettchen und heulte, daß die Wände wackelten. Wir alle versuchten zuerst nacheinander, ihn zu beruhigen, dann versuchten wir es gemeinsam, aber er brüllte nur »Raus!« Und das hieß nicht, daß wir hinausgehen sollten, sondern daß er aus dem Bett wollte.
»Es ist so heiß«, sagte Mutti, »vielleicht kommt ein Gewitter. Er spürt immer das Wetter.«
Also mußten wir uns opfern, irgendeiner mußte mit ihm zum Garten-Center gehen, denn das beruhigte ihn. Dort war ein kleiner Spielplatz mit Rutsche, Schaukel, Wippe und Kletterwand, außerdem konnte er im Freien, wenn uns niemand sah, Blumen füttern.
Seit wir nämlich einmal im Stadtpark Tauben gefüttert hatten, ließ er sich nicht davon abbringen, daß auch Blu-

men gefüttert werden mußten. Und wenn wir nicht auf ihn aufpaßten, fütterte er die Balkon- und Zimmerpflanzen immer mit winzig kleinen Semmelkrümelchen.

Spinne und Don sagten gleich, daß sie heute nicht mit Bero spazierengehen könnten, und so mußte ich mich opfern. Ich hatte ja keine Ahnung, was mir blühen würde.

Wir trabten also los, und Bero freute sich schon mächtig auf die »Zaubertüren« im Garten-Center, denn die öffnen und schließen sich automatisch. Tritt man auf die Gummimatte vor der Tür, gleiten die beiden Glastüren auseinander. Das macht Bero natürlich Riesenspaß, vor allem glaubt er, daß er zaubern kann.

Wir zauberten also zunächst die Eingangstür auf, dann mußten wir gleich von innen die Ausgangstür aufzaubern, und das ging ein paarmal so. Zum Glück nahmen es die Verkäuferinnen nicht übel, denn erstens waren wir gute Kunden und zweitens hatten sie auch kleine Kinder daheim.

Als wir genug mit den Türen gezaubert hatten, gingen wir durch die Baum- und Strauchreihen zum Spielplatz. Wir trafen's gut, niemand war da. Bero konnte nach Herzenslust rutschen, schaukeln, klettern oder wippen. Es dauerte lange, bis er glaubte, daß er nun die Blumen füttern müsse.

Das ist mir immer besonders peinlich, denn ich denke, der Gärtnergeselle hat das nicht gern, wenn zu jeder Blume ein Semmelkrümelchen gelegt wird. Aber wenn man es Bero verbietet, besonders, wenn er nicht geschlafen hat, dann brüllt er, daß die Blätter von den Bäumen fallen. Also machte ich ganz kleine Krümelchen,

und er verteilte sie ziemlich gerecht. Zu jedem Stiel ein Krümelchen.
Als ich keine Bröselchen mehr hatte, machte er zunächst ein Gesicht, als ob er weinen wollte, denn sehr viele Blumen waren ungefüttert geblieben. Da half nur eines, ihn abzulenken. Ich lief mit ihm zum Seerosenbecken, wo ihm die Goldfische besondere Freude machten. Als ich mich einmal durch einen Mann ablenken ließ, der einen Oleanderbaum in einem grünen Holzeimer zu einem Lastwagen tragen wollte, war Bero bereits mit dem Kopf unter Wasser. Er hatte einen Goldfisch fangen wollen. Er brüllte nicht einmal, als ich ihn herauszog und mit meinem Taschentuch seine Haare trocknete. Ich fand, das sei ein guter Grund, daß wir jetzt nach Hause gehen müßten. Aber Bero wollte noch ins Glashaus.
Im Glashaus war er zunächst friedlich, denn ich achtete darauf, daß er nicht an die Bewässerungsanlage herankam, wo er früher schon einmal hantiert hatte. Ich erklärte ihm die Blumen, die ich kannte, und dann kamen wir zu den Kakteen. Kakteen sind mein Hobby, und dafür, daß ich mit Bero spazierenging, durfte ich mir auch heute wieder einen Kaktus kaufen. Ich ging also um den riesigen Tisch, um zu sehen, was ich noch brauchen könne. Und als ich eine kleine Opuntia gefunden hatte, die ich mir auch leisten konnte, war Bero verschwunden.
Ich lief hinaus in den Garten, fragte die Verkäuferinnen, ob er durch die Tür sei, aber keine hatte ihn gesehen. Ein Wagen fuhr fort. Ob er da entführt wurde? Ich merkte mir die Kennzeichennummer und wollte den Polizeinotruf betätigen. Da rief mich eine Verkäuferin. Bero lag

unter dem Kakteentisch auf dem Boden neben einer großen, flachen Plastikwanne, in der sich einige Dutzend Schildkröten faul bewegten.

Er studierte eifrig ihr Verhalten. Ich glaube, er hatte noch nie vorher Schildkröten gesehen. Sie schienen ihn zumindest zu beeindrucken.

Nach einer Zeit fehlte ihm jedoch etwas an den dummen Viechern. Sie rannten nicht, sie zwitscherten nicht, sie konnten auch nicht bellen oder miauen, so kam er auf die Idee, daß sie eigentlich fliegen müßten.

Zunächst hielt ich seinen Wunsch, daß die Schildkröten fliegen sollten, für einen lustigen Einfall.

Doch dann wurde Ernst draus. Bero befahl den Schildkröten zu fliegen. Und als diese nicht die geringste Lust verspürten, sich in die Lüfte zu erheben und durchs Glashaus zu schwirren, wurde er ärgerlich.

»Ihr sollt fliegen!« rief er.

Ich schaltete mich ein: »Die können nicht fliegen«, erklärte ich. »Schau, die haben nirgends Flügel, und ohne Flügel kann man nicht fliegen.«

»Sie sollen fliegen!« rief er laut.

»Aber Bero, das geht nicht.«

Er verlegte sich aufs Betteln. »Bitte, sie sollen fliegen!«

Eine Verkäuferin, die auch ganz genau wußte, daß Schildkröten nicht fliegen können, kam mir zu Hilfe.

»Das geht nicht, Bubi«, sagte sie. »Schau Bubi, Schildkröti sind ganz dummi Viechi, die können nicht fliegi.«
Bero musterte sie bös, weil sie so kindisch mit ihm sprach, und rief: »Sollen aber fliegen!«
Ich zeigte ihm meine Opuntia, aber die beeindruckte ihn gar nicht. Er war plötzlich so stur wie beim Telefonbuch, wenn er Bilder drin haben wollte, oder wenn er sich einbildete, in einem Versandhauskatalog müsse auch ein großer Tankwagen abgebildet sein.
Eine zweite Verkäuferin kam, wunderte sich, daß Bero so ausgefallene Wünsche habe, und meinte, daß auch sie noch nie eine Schildkröte fliegen gesehen habe.
Bero blieb hartnäckig, und allmählich kamen auch einige Kunden und der Obergärtner, aber Bero wollte immer noch, daß die Schildkröten fliegen. Er lag auf dem Boden und heulte.
Schließlich mußte ich ihn mit Gewalt aus dem Glashaus, durch die Verkaufshalle und die Zaubertüren hinaus ins Freie schaffen. Der neue Kaktus mit seinen ziemlich langen Stacheln muß ihn dabei gestochen haben, denn manchmal heulte er etwas lauter auf. Schon nach den ersten hundert Metern ärgerte ich mich, daß ich den Kaktus überhaupt gekauft hatte, denn es ist schwer, einen Kaktus und einen heulenden trotzigen Jungen nach Hause zu befördern.
Daheim mußte ich erst gar nicht klingeln. Mutti hatte uns schon von weitem kommen gehört.
»Was hast du mit ihm gemacht?« fragte sie gereizt.
Das war der Dank! Selbst als ich beteuerte, daß ich ihm nichts getan hätte, glaubte sie es nicht. »Warum weint er dann so?« fragte sie.

»Weil Schildkröten nicht fliegen«, sagte ich.
Mutter hielt das zunächst für eine Frechheit und zeigte, daß Mutterhände zuweilen fliegen können. Ich duckte mich, und die Hand verfehlte ihr Ziel. »Frag doch nach«, sagte ich, »ruf im Garten-Center an. Er heulte wirklich deshalb.«
»Wieso kommt er nur drauf, daß Schildkröten fliegen sollen?« fragte Mutter und suchte diesen seltsamen Einfall zu ergründen.
Da kam Vater mit strahlenden Augen nach Hause. »Ich habe eine Neuigkeit«, rief er. »Eine Neuigkeit!«
»Wir auch«, sagte Mutter. »Bero will, daß Schildkröten fliegen.«
»Da ist meine schöner«, rief Vater. »Das Haus ist eingetroffen, unser Haus, man kann die drei Waggons von der Brücke aus sehen.«
Wir stürzten alle zum Auto hinunter, als wären wir die Feuerwehr. Zehn Minuten später standen wir auf der Brücke und sahen bei den Güterschuppen, schon mehr zur Verladerampe, drei Waggons stehen, mit Holz beladen und Planen abgedeckt. Es war unser Haus. Und so von weitem sah es doch ziemlich enttäuschend aus.

Die nächsten Tage hatten höchstens zwölf Stunden, so kurz waren sie. Die längsten Stunden fanden in der Schule statt, aber kaum daß ich sie verließ, begann die Zeit zu rasen. Wir sausten mit den Fahrrädern nach Hause, schlangen unser Essen hinunter, und schon starteten wir zur Baustelle. Das Haus wuchs schnell. Schon war das Untergeschoß fertig und die Decken eingepaßt, nur die Fenster waren noch nicht eingehängt. Der Kran hob Wandstück für Wandstück hoch, und so entstanden die Wände zwischen den Schlafzimmern, der obere Flur, die Außenwände.
Gegen sechs kam Vater an, stemmte die Hände in die Hüften und fand alles großartig.
Am wenigsten beeindruckt zeigte sich Bero. Er wollte plötzlich keine Steine mehr in den Bach werfen, sondern spielte mit allerlei Holzklötzen, die auf der Baustelle herumlagen. In der Nacht nach dem Besuch im Garten-Center hatte es ein Gewitter gegeben, jetzt war er wieder vernünftig. Er ließ sich sogar, als einige Freundinnen von Spinne kamen, von diesen dummen Mädchen herumschleppen und abknutschen. Und er sagte alles, was Spinne wollte.
Ich ärgerte mich, denn schließlich war Bero kein dressierter Hund, der Kunststücke zeigen mußte.
Aber die Freundinnen fanden ihn alle süß und niedlich. Es war zum Verrücktwerden, wie sich die Mädchen aufführten.
Doch dann wollte Spinne plötzlich, daß Bero einen Purzelbaum vorführen sollte.
Und da hatte Bero genug. Er schüttelte den Kopf, kam zu mir, wollte von mir hochgenommen werden und sagte: »Nüch Purzelbaum machen.«

»Hast schon recht«, sagte ich. »Die sollen selber einen machen.«
Eine kam und bat: »Komm, gib mir das Baby.«
»Das ist kein Baby«, sagte ich eiskalt. »Das ist ein Mensch. Und ein Mensch ist kein Spielzeug.«
Wiederum sagte Bero: »Nüch Purzelbaum machen.«
Spinne ärgerte sich. Und erzählte etwas von einer schlechten Englischarbeit, die jemand gemacht haben sollte. Damit meinte sie natürlich mich. Aber ich tat ihr nicht den Gefallen zu antworten und mich zu verteidigen. Es genügte mir, daß Bero vor ihren Freundinnen mehr auf mich hörte. Etwas später kam Vater schon mit einigen Kisten Geschirr angefahren. Ich trug sie mit ihm ins Haus, und wir begannen die Tassen und Teller aus dem Papier zu wickeln und in den eingebauten Küchenschrank zu stellen. Dann riefen uns Arbeiter, weil sie von Vater etwas wissen wollten. Und als wir in die Küche zurückkamen, war der Schrank leer.
Bero hatte alles wieder eingepackt, er machte immer das Gegenteil von dem, was wir machten.
Vater meinte, daß er es vielleicht deshalb getan hatte, weil er die Sachen daheim nicht auspacken durfte und denke, wir dürften es auch hier nicht. Also mußten wir Bero erklären, daß das Geschirr nun hierher gehöre, weil das unsere neue Wohnung sei.
Es dauerte lange, bis er das begriff. Und als es soweit war, verlangte er, daß wir ihn zur Brücke führten, Steine werfen.
»Aber wir sind doch auf der Brücke«, sagte Vater und führte ihn ans Fenster.
»Sind in einem Haus«, sagte Bero und wollte weiter zur Brücke gehen.

Wir erklärten ihm, daß wir genau auf der Brücke seien, auf der wir immer mit ihm waren und von der er schon so viele Steine in den Bach geworfen habe, aber er schüttelte den Kopf, und schließlich war er dem Weinen nahe und raunzte: »Zur Brücke gehen.«
»Am besten ist, wir beachten ihn eine Weile nicht«, schlug ich Vater vor. Der nahm meinen erzieherischen Ratschlag an. Bero legte sich ein wenig auf den Boden und trotzte, dann verzog er sich in einen Winkel, und schließlich kam er, um uns zu helfen.
Als wir das Haus wieder verließen, waren die Arbeiter schon daran, die Dachteile zu montieren. Und außer den Freundinnen Spinnes waren eine Menge Leute gekommen, die zuschauten.
Vater sagte nichts, aber er war mächtig stolz. Er hatte sich immer schon ein Haus gewünscht und eisern darauf gespart.
»Nun?« fragte er den Chefmonteur. »Wie geht's?«
Der schob sich seinen Schutzhelm ins Genick und sagte: »Wir möchten heute noch fertig werden.«
»Aber wird's nicht eher dunkel?«
»Wir haben Lampen und ein Aggregat da«, sagte der Mann. »Wir sehen zu, daß wir vor der Dunkelheit mit dem Dach fertig werden, dann kommen sämtliche Türen und Fenster an die Reihe, und dann gibt's nur noch ein paar Kleinigkeiten.«
Vater überlegte, schließlich fand er, daß die Leute zwischendurch doch etwas essen müßten.
»Ach, wenn Sie uns eine Kleinigkeit bringen wollten. Wir haben einen kleinen Feldherd dabei und Holz liegt ja genug herum.«
Vater sah auf die Uhr, schnappte Bero, steckte ihn in den

Wagen, ließ mich einsteigen. Es war höchste Zeit, denn die Geschäfte schlossen bald.
Daheim sagte Mutter, am besten, wir nehmen gleich den Wäschekorb und fahren einkaufen. Bero blieb bei der Großmutter, was ihm gar nicht paßte, und wir fuhren zum Supermarkt und machten einen Großeinkauf. Wurst, Eier, Käse, Speck, Lendenschnitten, saure Gurken, Tomaten, Senf und Kapern, natürlich Salz, dann Partyteller und -becher, ein Partybesteck zum Wegwerfen, Bier, Obst. Es war eine Menge, und die Leute guckten, weil wir so viel gekauft hatten.
Draußen, vor unserm Haus, fing dann eine lustige Kocherei und Braterei an, der Duft von gebratenen Steaks feuerte die Arbeiter an. Vater und ich machten aus einer Tür und zwei Holzböcken eine herrliche Tafel, und den Leuten, die uns noch immer zuguckten, auch beim Essen, stand das Wasser im Mund.
Gestärkt gingen wir nachher wieder an die Arbeit. Vater und ich schleppten Türen ins Haus, brachten sie zu den richtigen Türstöcken, so daß die Arbeiter sie nur noch einsetzen mußten.
»Du bist ja gut in Form«, lobte mich Vater, »so ein Steak mit Spiegelei und etlichen Beilagen gibt aber auch Kraft. Wo ist eigentlich Don?«
»Don, glaube ich, muß mächtig büffeln.«
»Ach so. Nun ja, wenn es sehr spät wird, dann rufe ich den Rektor an, damit du morgen daheim bleiben kannst. Man baut ja nicht alle Tage ein Haus auf der Brücke.«
»Hoffentlich wird es spät«, sagte ich. Als Vater die Tür von unserem neuen Haus von außen abschloß, war es zwei Uhr früh.
Er würde also ganz bestimmt den Rektor anrufen.

Zwei Tage später übersiedelten wir. Keiner wird mir glauben, was dabei alles geschah. Das erste war, daß der Möbelwagen beim Einfahren in unseren Garten ein Stück Zaun umlegte. Unser Hausherr begann zu wettern, als hätte man ihn persönlich verletzt. Vater sagte ihm, daß er die Arbeiter arbeiten lassen solle, denn er müsse sie auch dafür zahlen, daß sie dem Hausherrn zuhörten. In diesem Fall arbeiteten die Arbeiter lieber.
Das nächste war, daß sich einer beim Ausheben der Haustüre das Kreuz verriß. Er konnte nur mehr gebückt gehen und nicht einmal mehr tief durchatmen. Dann brach ein Stück Treppengeländer ab. Und schließlich rissen die Gurte, als die beiden stärksten Männer einen schönen, alten Bauernschrank die Treppe hinunterwuchteten. Der Bauernschrank hielt es aus. Der Möbelträger, der unter ihm zu liegen kam, sah schlimmer aus.

53

Vater brachte ihn ins Krankenhaus, wo man einen Bruch des Handwurzelknochens und mehrere Quetschungen und Schürfungen feststellte, die Hand eingipste und ihn in häusliche Pflege entließ. Als Vater mit dem Arbeiter zu seinem Wagen kam, stand ein Polizist da und wollte kassieren. Vater war einen Weg gefahren, den nur Krankenwagen im Einsatz fahren durften.
»Sie sehen doch, daß ich einen Verletzten hierhergebracht habe!« rief Vater etwas laut.
Aber das nützte nichts. Er mußte zahlen. Der Polizist hätte höchstens von einer Bestrafung abgesehen, wenn der Arbeiter lebensgefährlich verletzt gewesen wäre.
Als Vater heimkam, war Mutter gerade dabei, Don die Hand zu verbinden. Er war beim Abnehmen der Gardinen aus unerfindlichen Gründen in eine Fensterscheibe geraten.
»Ist es schlimm?« fragte Vater.
»Nur eine Schnittwunde«, sagte Mutter, »keine Sehne verletzt.«
»Wo ist Bero?« fragte Vater.
»Ich habe ihn mit Großmutter weggeschickt.«
»Fein, dann stören uns wenigstens die beiden nicht.«
Eine Weile, bis ich nach Hause kam, ging es gut. Der Anhänger des Möbelwagens war ziemlich vollgepackt. Jetzt warteten die Arbeiter auf den Zugwagen, der zwischendurch woanders benötigt worden war. Meine Mutter füllte die Pause mit Bier und heißen Würstchen und Senf und Semmeln. Als weitere Bereicherung der Tafel gab es einen Anruf. Ein Röntgenfacharzt erklärte Vater, daß er Großmutter und Bero abholen könne.
»Um Gottes willen, ist dem Kind etwas passiert?« rief Vater aufgeregt.

»Nein, das Kind ist gesund. Nur Ihre Frau Schwiegermutter ist gefallen und hat sich den Arm gebrochen.«
»Wie kommt denn das?« fragte Vater.
»Das erzählt sie Ihnen am besten selbst. Außerdem ist heute Föhn, und da geht alles verkehrt.«
Die Sache klärte sich dann so auf: Bero war in der Nähe einer Baustelle auf einen Kieshaufen geklettert. Oma hatte Angst, daß sich Bero etwas zuziehen könnte, und kletterte nach, dabei fiel sie hin und stützte sich im Fallen so unglücklich auf die Hand, daß sie sich einen Bruch des Unterarms zuzog. Wie das Ganze genau zugegangen war, wußte sie selber nicht mehr. Sie war zu schnell hingefallen.
»Kann ich irgend etwas helfen?« fragte Großmutter.
»Um Gottes willen, nein!« rief Mutter entsetzt. Dann beschloß sie mit Vater, daß sie Gartentisch und Sessel in den Wagen packen sollten, dazu einiges Spielzeug für Bero, und dann sollte Vater beide in das Haus auf der Brücke bringen, oben in ein Zimmer setzen, wo sie in aller Ruhe abwarten konnten, bis wir mit den Möbeln nachkamen.
Ich hatte ein flaues Gefühl im Magen, so etwas wie eine Vorahnung. Solange Vater unterwegs war, konnte man nichts mit mir anfangen. Auch Mutti hatte Angst bekommen. »Ich bitte dich, gib acht auf dich«, sagte sie zu mir. »Wir können heute keine weiteren Ausfälle mehr brauchen.«
Sie hätte es auch Spinne sagen sollen, die unbedingt noch in der alten Wohnung die Würstchenteller und Biergläser spülen wollte. Mutti hatte noch gesagt, daß wir das Zeug schmutzig mitnehmen könnten. Aber Spinne war von der Arbeitswut gebissen worden. Mög-

lich auch, daß sie vor den Arbeitern zeigen wollte, wie tüchtig sie war. Jedenfalls gab's plötzlich in der Küche einen Schrei. Ein Glas war im heißen Spülwasser zersprungen, und Mutti mußte wieder einen Verband anlegen. Sie weinte dabei, was uns leid tat.
Da kam Vater zurück. Er sah etwas bleich aus. Ich lief sofort zum Fenster und atmete auf. Mit dem Wagen war nichts geschehen. Vielleicht war Vater von den vielen Aufregungen in letzter Zeit nur abgespannt.
Daß er in eine Radarfalle gegangen war, erfuhren wir erst später. Zwölf Kilometer war er zu schnell gefahren. Eine Kleinigkeit für einen Übersiedlungstag. Zahlen mußte er trotzdem.
Endlich kam nun auch wieder der Zugwagen der Spedition, und die Möbelträger, die schon Schränke, Tische und Betten vor dem Haus aufgestellt hatten, konnten nun weiter beladen.
Es regte uns furchtbar auf, daß nichts mehr geschah. Auch das Haus stand noch auf der Brücke, als wir endlich vor dem Möbelwagen dort ankamen. Großmutter war bis auf die gebrochene Hand heil geblieben, ebenso Bero. Nur der Strom war ausgefallen. Ein Kurzschluß. Sie konnte nicht sagen, wie es geschehen war. Bero wollte ein Stückchen Draht haben, und da von der Decke sowieso ein ziemlich langes Stück herunterhing, habe sie es mit einer alten Schere abgeschnitten und dabei einen elektrischen Schlag bekommen.
Vater war nahe am Explodieren. Er hatte sich den Draht extra so lang gewünscht, für eine ganz bestimmte Lampe. Er raste aus dem Zimmer, und Mutti sagte zu ihrer Mutter: »Noch gestern hat er zu dir gesagt, daß niemand den Draht anfassen darf.«

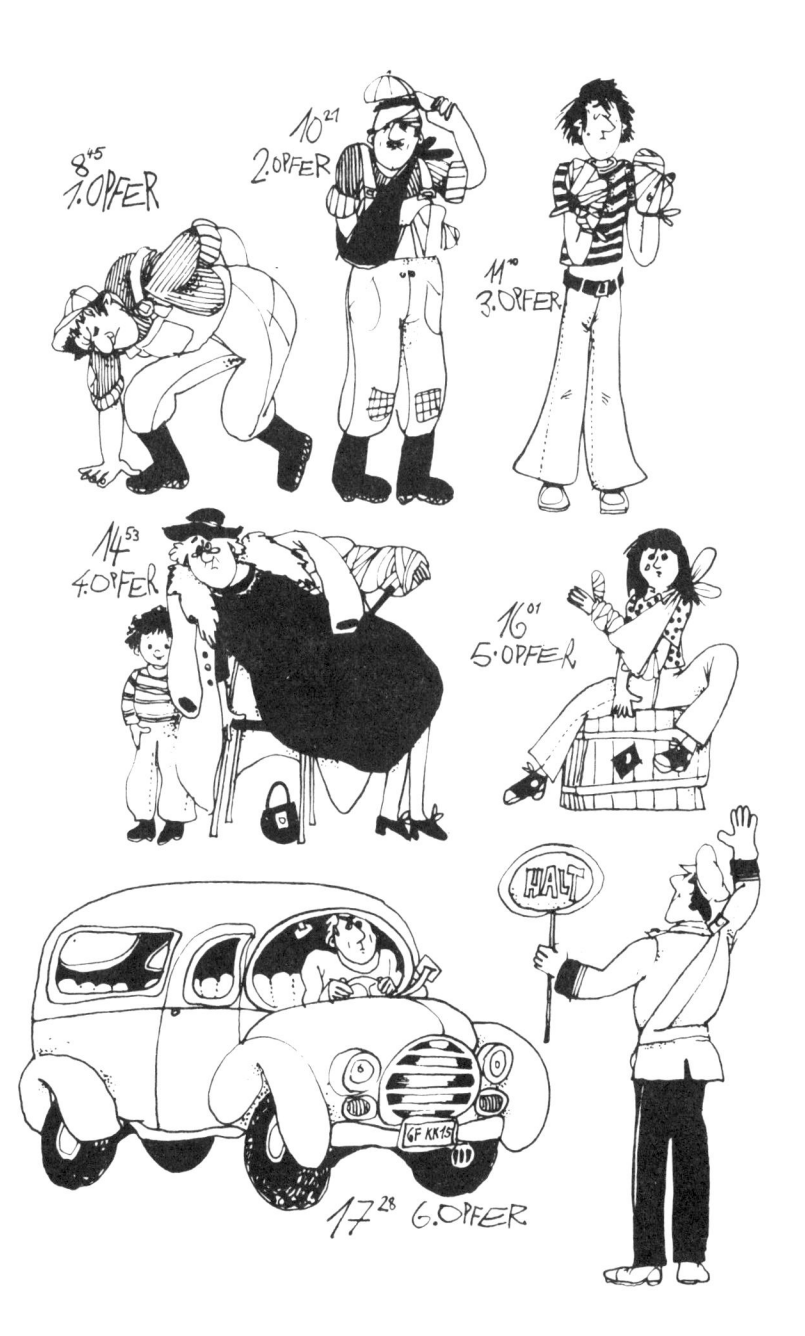

8:45 1. OPFER
10:21 2. OPFER
11:10 3. OPFER
14:53 4. OPFER
16:01 5. OPFER
17:28 6. OPFER

HALT

»Ja, wie konnte ich denn wissen, daß es genau dieser war?«
»Du machst immer Sachen, die ihn ärgern.«
»Aber Bero wollte doch . . .«
»Der hat überhaupt nichts zu wollen.«
Bero schien das zu stören: »Will zur Brücke«, sagte er.
»Außerdem kann man ja die Drähte wieder zusammenflicken.«
»Flicken«, sagte ich, »in einem neuen Haus.«
»Ach, es wird noch mehr geflickt werden müssen«, meinte Oma schnippisch.
»Aber doch nicht gleich von Anfang an.«
»In einer anderen Wohnung wäre der Draht auch nicht so lang gewesen.«
»Aber das ist doch unser Haus«, rief Mutti erregt.
»Dann freut euch doch darüber!« meinte Großmutter in ihrer Arglosigkeit. »Aber ihr seid alle nur bös und aufgeregt.«
»Ich will endlich zur Brücke gehen«, quengelte Bero. Ich sah ein, daß wir das am wenigsten brauchen konnten, und schnappte mir den Kerl. Wir gingen in ein anderes Zimmer, dort stellte ich ihn vor mich hin und sagte: »Paß auf, wir übersiedeln heute, und da gibt es Arbeit. Da kann man nicht haben, was man will. Morgen geh' ich mit dir, wohin du willst, aber heute bleibst du da und bist ruhig, verstanden?«
»Nüch verstanden«, sagte Bero.
»Also dann muß ich dich verdreschen, hast du verstanden?«
»Nein.«
Ich legte Bero übers Knie und holte zum Schlag aus.
»Hast du verstanden?« fragte ich.

»Ja«, sagte Bero.
»Und jetzt spielst du, und kein Wort mehr!«
Bero nickte. Eine halbe Stunde später meinte Mutter, Bero müsse krank sein, weil er so still sei. Oma steckte ihm gleich das Fieberthermometer in den After, worüber Bero wütend wurde und wie am Spieß brüllte. Aber Bero hatte kein Fieber. Er gehorchte mir nur.
Endlich kam der Möbelwagen samt Anhänger. Eine Reifenpanne hatte die braven Leute aufgehalten. Es dämmerte, als sie die ersten Kartons und Kisten ins Haus trugen, und sie ließen ein Schlachtfeld zurück, als sie vor Mitternacht gingen. Nur Beros Zimmer war einigermaßen in Ordnung. Wir waren zu müde, um noch die Betten aufzuschlagen, und schliefen auf den Matratzen.
Aber so gut konnten wir gar nicht schlafen. Irgend etwas weckte mich in der Nacht. Schwankte unser Haus? Hatte es vielleicht ein Hochwasser gegeben und die Brücke fortgerissen und wir trieben nun auf den unendlichen Wassern dem Meer zu?
Nein, das war es nicht. Aber draußen knirschte es. Ich wußte nicht, wo. Das Geräusch wurde immer lauter, dann krachte und polterte es, die Erde zitterte ein wenig.
Vater fuhr hoch und schrie: »Was ist los? Bero, was machst du?«
Oma kreischte: »Unsere Brücke ist eingestürzt, ich hab's gehört.«
»Quatsch«, sagte ich, »es war nicht unsere Brücke.«
Mutti sagte schlaftrunken: »Nicht einmal in der Nacht könnt ihr das Fußballspielen sein lassen.« Dann schlief sie wieder.

Vater hatte eine Lampe angeknipst und lief im Haus hin und her. »Keine Angst«, rief er mir zu, als ich nachkam, »alle Fußböden sind noch waagrecht und die Wände senkrecht. Es war nicht unsere Brücke.«
Da schoß es mir durch den Kopf. War es vielleicht die neue Brücke?
»Das berührt uns nicht«, sagte Vater beruhigt. Dann aber fuhr er hoch. »Um Gottes willen, du meinst die neue Brücke?«
So schnell waren wir noch nie in unseren Turnschuhen, dann rannten wir den schmalen Uferweg zur neuen Brücke. Weidenäste peitschten unser Gesicht, und unsere Füße waren schnell naß.
Und dann sahen wir's im Sternenlicht: Die neue Brücke war baden gegangen. Sie war in der Mitte auseinandergebrochen und lag im Bach.
»Verdammte Scheißbrücke!« fluchte Vater. »Was für ein Fachidiot hat denn die wieder gemacht?«
»Hauptsache, unsere Brücke steht noch«, sagte ich.
»Du hast gut reden«, schalt mich Vater, »weißt du, was das heißt, wenn diese verdammte Brücke hier hin ist?«
Ich wußte es erst ein paar Stunden später, denn um sechs Uhr früh wurden wir geweckt.
Es war der Bauer, der uns die Brücke verkauft hatte.
Er wünschte uns einen guten Morgen und sagte, daß er über die Brücke müsse, weil die andere in der Nacht zusammengestürzt sei, nachdem er mit dem Rad darüber gefahren war.
Wir starrten mit verschlafenen Augen den Bauern an.
»Gut, gehen Sie durch«, sagte Vater.
Doch dann starrten wir alle entsetzt auf den Traktor, der hinter dem Bauern tuckerte.

»Es wird nicht oft sein, daß ich Sie belästige«, sagte der Bauer. »Die andere Brücke wird doch hoffentlich bald repariert.«
»Sie wollen durch unser Haus fahren?« fragte Vater fassungslos.
»Ja. Es trifft sich gut, daß Sie so große Schiebefenster haben, besser hätten Sie das gar nicht machen können.«
Es blieb uns nichts anderes übrig. Wir mußten Sessel, Kartons, Teppichrollen, Bilder und Bücherkisten zur Seite schieben, damit der Traktor durch unser Wohnzimmer fahren konnte.
Bero freute sich furchtbar, als er das von der obersten Stufe der Treppe aus betrachtete.
Als Vater vom Büro heimkam, war seine erste Frage: »Ist er schon zurück?«
»Wer?« fragte Mutter.
»Der Bauer mit dem Traktor natürlich.«

»Nein, der ist noch nicht zurück.«
»Dann kommt er sicher noch.« Vater sah sich um und lobte uns, weil das Wohnzimmer bereits so ordentlich aussah. »Wir müssen dann wenigstens nicht mehr so viel Zeug wegräumen, wenn er kommt«, sagte er schließlich. »Wir rollen einfach den Teppich zur Seite. Und dann hat sich der Fall. – Haben sie schon an der neuen Brücke gearbeitet?«
»Ja«, sagte ich.
»Also hat mein Anruf doch genützt«, strahlte Vater, »was haben sie denn gemacht?«
»Warnschilder aufgestellt.«
»Und sonst nichts?«
»Sonst nichts.«
»Ich werde morgen gleich wieder anrufen«, meinte Vater etwas leiser.
Wir saßen beim Abendessen, beim ersten ordentlichen Abendessen im neuen Haus, als es an der Tür pochte.
»Ob das der Bauer ist?« fragte Vater, stand auf und öffnete.
Es war nicht der Bauer, sondern ein älterer Mann, der höflich grüßte und den Hut in der Hand drehte.
»Ja«, sagte er, »es geht wohl nicht anders. Ich muß wohl oder übel . . .«
»Ja?« fragte Vater.
»Nun, ich muß zu dem Bauernhof hinten, und da geht nur der Weg hier herüber.«
»Ach so«, sagte Vater, »Sie wollen über die Brücke?«
»Ja, wohl oder übel.«
Vater ließ den Mann eintreten. Der drehte noch immer verlegen seinen Hut und verbeugte sich zu uns hin. Wir grüßten zurück und wagten keinen Bissen anzurühren.

»Sie sind gerade beim Essen«, sagte der Mann, und wir nickten. Wir konnten es auch nicht abstreiten.
»Schön«, sagte der Alte, »eine nette Familie, und ein Tischtuch, sehr schön. Sehr nett, auch der Kleine, ein sehr netter Kleiner, und ein hübsches Besteck, ja, sogar mit Messer und Gabel, ja, auch eine Oma.«
Er schilderte uns hinter- und durcheinander. Als ob die Teller auf den Stühlen säßen und wir in der Suppenschüssel herumschwammen. Spinne wurde rot und tauchte ihr Gesicht beinahe in die Suppe, weil sie vor Lachen bald explodieren würde. Mutter rührte mit dem Löffel in der Suppe, Großmutter hüstelte aufgeregt. Nur Bero sah den Fremden groß und neugierig an.
»Ein schönes Bild«, sagte der Mann, der noch immer seinen Hut drehte. »Wirklich, ein sehr schönes Bild.«
»Hier geht es dann wieder auf der anderen Seite hinaus«, sagte Vater und wies zaghaft auf die Tür.
Aber der Mann schien Vater nicht gehört zu haben oder die Tür nicht zu sehen. Er guckte auf den Tisch und schnupperte die gute Bratenluft ein, die aus der offenen Küchentür kam.

Da hielt es Mutter nicht länger aus. »Wollen Sie sich vielleicht ein wenig mit hersetzen und zulangen?« fragte sie.

»Ach woher«, sagte der Mann, »ich werde Sie doch nicht berauben!« Dann setzte er sich jedoch hin, zählte die Schöpflöffel Suppe, löffelte den Teller aus und beraubte uns um weitere Suppe.

»Ja«, sagte er zwischendurch, »ein schönes Haus und direkt über dem Bach. Kurios geradezu. Mitten auf der Brücke, daß man durch muß.«

»Bist du schon alt?« fragte Bero.

Oma hustete, als ob sie am Ersticken wäre. Vater sagte: »Aber Bero!« Und Mutter drohte mit den Augen, aber Bero sah nur den Mann an.

»Schon über siebzig«, sagte der Mann.

»Wenn Papa so unrasiert ist wie du, dann . . .«

Wir wären am liebsten unter den Tisch gekrochen.

Der Mann lachte: »Was dann?«

»Dann schimpft Mutti.«

»Ja«, sagte Vater zu Bero, »bei mir ist das etwas anderes, Bero. Sieh mal . . .«

»Nein«, unterbrach ihn der Mann, »er hat schon recht. Wenn ich gewußt hätte, daß Sie mich hier zu solch einem guten Essen einladen, hätte ich mich bestimmt rasiert. Das nächstemal werde ich ganz bestimmt . . .«

»Kommen Sie oft hier vorbei?« fragte Mutti plötzlich sehr interessiert.

»Nicht oft. Nur einmal in der Woche.«

»Aha«, sagte Mutti.

»Du kannst ja öfter kommen«, meinte Bero.

»Dankeschön, sehr lieb. Ein netter Kleiner«, lobte der Alte, »wirklich sehr nett von dir, wie heißt du denn?«

»Bero. Was kannst du?«
»Was ich kann? Oh, ich kann einiges. Flöten aus Weiden schnitzen, das kann ich zum Beispiel.«
»Du darfst den Herrn nicht aufhalten«, sagte Vater.
»Oh, er hält mich nicht auf. Und dann kann ich Bisamratten fangen.«
»Wo fangen Sie die?« fragte Oma.
»Hier am Bach.«
»Was, hier sind Ratten?«
»Bisamratten«, verbesserte der Mann, »sie haben ein wunderschönes Fell.«
»Bringst du sie um?« fragte Bero.
»Ja, aber nur ein bißchen.«
Zum Glück war nun draußen das Tuckern des Traktors zu hören. Der Bauer kehrte heim, wir öffneten die Türen, um ihn durchfahren zu lassen, aber der Bauer sagte, er lasse lieber den Traktor gleich hier, weil er morgen wieder auf die Flußwiesen müsse, und so erspare er uns zwei Durchfahrten.
Dafür, daß er uns die zwei Durchfahrten erspare, setzte er sich zu uns an den Tisch, um sich für den Heimweg zu kräftigen. Er aß von unserer Suppe und von unserem Braten, und es schmeckte ihm wunderbar.
»Wenn Sie einmal ein Schwein billig kaufen wollen«, schlug er uns vor, »könnten Sie es bei mir kaufen.« Und er sagte, seine Schweine seien gute Schweine, lang und schlank. »Und Sie können sie sauber zugerichtet haben, wie vom Metzger, nur viel billiger. Sie haben doch eine Tiefkühltruhe?«
»Noch nicht«, sagte Vater.
Dann gäbe es nichts, wie schnell eine kaufen. Bei einer so großen Familie zahle sich das sofort aus.

Zum Glück mußte der Bauer noch die Schweine füttern und nahm den anderen Mann gleich mit. »Der bleibt heute nacht bei mir«, sagte der Bauer. »Das verspreche ich Ihnen. Sie sollen ja auch Ihre Ruhe haben.«
In dieser Nacht hatten wir sie.
Kinder, Kinder, ich weiß nicht, wie ich das sagen soll, aber wenn ihr einmal in einem Haus auf einer Brücke gelebt hättet, wüßtet ihr, was da los ist.
Am schulfreien Samstag klingelte es, und draußen stand der Bierwagen.
»Danke«, rief Vater, »wir haben noch genug Bier im Haus.«
»Ja, aber es geht gar nicht darum«, sagte der Fahrer. »Ich muß über die Brücke, zum Bauern, zum Brunntaler Hof.«
Wir waren es schon gewohnt. Wir schoben die Sessel und den Couchtisch auf die Seite und rollten unseren Teppich zusammen.
Der Bierwagen fuhr durch unser Wohnzimmer, und der Fahrer winkte, als er am anderen Ufer war, und rief: »In zehn Minuten bin ich zurück. Sie können gleich offenlassen.«
Wir ließen offen, und das hätte fast zu einer Katastrophe geführt. Bero spielte nämlich auf dem Fußboden mit einigen Autos. Er spielte Zusammenstoß, wobei er wunderbar das Geräusch von quietschenden Bremsen nachmachte, dann telefonierte er die Polizei herbei und verlangte ein »schimpfendes Polizeiauto«. Darauf spielte er gleich mit »tatü, tatü« das schimpfende Polizeiauto, und wie er gerade im besten Spielen war, und wir alle aufatmeten, daß wir ein wenig Ruhe hatten, näherte sich das Geräusch eines schweren Motorrades.

»Der wird doch nicht ...«, sagte Mutti.
Aber bevor sie die Worte noch ganz ausgesprochen hatte, war das Motorrad schon durch unser Zimmer durch. Ich hatte Bero gerade noch wegreißen können.
»Was war denn das?« fragte Vater von oben.
»Der Postbote ist durch«, rief ich hinauf. »Wahrscheinlich ein Eilbrief.«
»Also das ist zuviel!« schimpfte der Vater. »Braust da mit hundert Sachen durch unser Wohnzimmer. Da müssen wir etwas unternehmen.«
»Am besten, wir stellen ein Geschwindigkeitsbegren-

zungsschild auf«, schlug ich vor. »Auf zehn Stundenkilometer, da achten sie drauf.«
»Doch nicht die unseren hier. Wir müssen auch noch ein Warnschild aufstellen, Straßenenge.«
»Und vielleicht ein Schild: Achtung, Gefahr. Haus auf der Brücke möglicherweise geschlossen.«
»Daß auch diese verdammte Brücke zusammenkrachen mußte«, schimpfte Vater. »Wer denkt denn an so etwas?«
Aber da nahte das Motorradgeräusch schon von der anderen Seite.
Vater lief schnell hinaus und gab Warnzeichen. Dann hatte er noch draußen einen längeren Disput mit dem Eilbriefboten. Ein Wort gab das andere, und zum Schluß schlich der Eilbote mit hängendem Kopf und abgestelltem Motor durch das Wohnzimmer.
»Der prescht mir hier nicht mehr durchs Zimmer«, sagte Vater. »Dem hab ich's gegeben.«
Dann kam der Bierfahrer zurück. Der war wesentlich gemütlicher. Er stellte auch den Motor ab und blieb mitten in unserem Wohnzimmer stehen. »Nichts für ungut«, sagte der brave Mann, »aber früher hielt ich auch immer auf der Brücke und habe da Brotzeit gemacht. Wenn Sie nichts dagegen haben, behalt ich diesen schönen Brauch bei.«
Oma riß den Mund auf, Mutti wollte etwas sagen, aber Vater kam ihr zuvor. »Schon gut«, sagte er. »Aber nur, weil Sie so vorsichtig durchgefahren sind.«
Darauf sprang der Fahrer vom Wagen, gab uns einige Flaschen Limo und dem Vater einige Flaschen Bier. Und dazu sagte er: »Darauf soll's mir nicht ankommen. Wer zu mir nett ist, zu dem kann ich auch nett sein.« Und

dann zeigte er uns, wie er auf einmal sechs volle Bierkästen tragen konnte.
»Ich bin kein Schwächling«, erklärte er dazu. »Mein Großvater hat seinerzeit ein lahmendes Pferd zum Tierarzt getragen. Die Stärke liegt bei uns in der Familie.« Dann hockte er sich aufs Trittbrett und aß sein Wurstbrot. Er sah sich um und lobte unsere Wohnzimmereinrichtung und das Haus. Und er beneidete uns richtig, daß hier hin und wieder ein Auto durchkam. Er wohnte in der Stadt, im fünften Stock, da konnte er nie auf so etwas hoffen. »Sie ahnen nicht, wie langweilig es manchmal in solch einer Wohnung ist. Da sitzen Sie jeden Abend, und nie klingelt es an der Tür, ganz zu schweigen davon, daß ein schöner Wagen draußen steht.« Und auch für die Kinder sei es lehrreich, so nah am Bach, direkt über den Forellen. Ob wir schon den Fischer kannten?
»Nein, wir hatten noch nicht das Vergnügen«, sagte Vater.
Der Bierfahrer tröstete uns. Wir würden ihn bestimmt noch kennenlernen. Bei Regen sei der immer auf der Brücke gestanden und habe da gefischt. Da waren die Forellen wie verrückt auf die Angel, gerade, als ob sie es nicht erwarten könnten, in einer Pfanne zu landen.
Da mischte sich Bero ins Gespräch. »Hast du noch eine Limo?« fragte er.
»Ja, für dich schon.« Der Fahrer gab ihn noch zwei Flaschen.
»Ist gut«, sagte Bero und steckte sie weg.
»Wir sagen ihm gar nicht, daß er sich bedanken soll«, erklärte der Vater, »weil er sich dann bestimmt nicht bedankt. Besten Dank also.«

»Hast du auch Geld?« fragte Bero den Bierfahrer.
»Ja«, sagte der Bierfahrer.
»Kostet drei Pfennig«, sagte Bero.
»Was denn?«
»Parken.«
Der Fahrer grinste und schmiß dreißig Pfennig in die Sparbüchse, mit der Bero antanzte.
Mensch, dachte ich mir, so jung wie Bero müßte man sein, der hat jetzt eine prima Einnahmequelle.
Als der Bierwagen abgerauscht war und wir die Türen wieder geschlossen hatten, sagte Mutter, daß sie schwarzsähe.
»Warum?« fragte Vater.
»Wir werden das reinste Vogelhaus, da wird es aus und ein gehen.«
»Ach«, beruhigte sie Vater, »die reparieren sofort die andere Brücke.«
»Reparieren?« fragte Mutter. »Was willst du denn an den zwei Trümmern reparieren?«
»Ich bin kein Brückenbauer«, sagte Vater.
Und das stimmte auch.

Als Vater vom Büro nach Hause kam, wirkte er ziemlich abgekämpft.
Er war ganz bleich.
»Ist dir nicht gut?« fragte ich.
»Nein, nein, mir fehlt nichts«, antwortete er. »Es ist nur ... Ich war auf der Gemeinde ... Und da ...«
»Was ist denn los?«
»Nun ja, die neue Brücke.«
»Was ist mit der neuen Brücke?«

»Sie können sie nicht gleich reparieren.«
»Das hab' ich mir gedacht.«
»Die Baufirma, die die Brücke gebaut hat, sagen sie, hat keine Arbeiter übrig, und sie baut längst woanders eine andere Brücke.«
»Hoffentlich stürzt die nicht auch ein.«
»Nein, nein, große Brücken können die bauen. Vielleicht lag's daran, daß es nur eine kleine Brücke war. Auf der Gemeinde sagen sie, in diesem Jahr wird's nichts mehr mit der Brücke. Frühestens können sie im nächsten Frühjahr eine neue Brücke bauen.«
»Gute Nacht«, sagte ich und pfiff leise zwischen den Zähnen. »Wie bringen wir das Mutti bei?«
»Vorsichtig«, sagte Vater, »äußerst vorsichtig. – Ich dachte, vielleicht kannst du ihr Bescheid stoßen, verstehst du? Wenn du es sagst, dann glaubt sie's nicht. Verstehst du, ich befördere dich auch dafür vom Lügengrafen zum Lügenfürsten. Das ist ein schönes Wort, mit zwei ü.«
»Ich weiß«, sagte ich, »ein Titel ohne Mittel.«
»Du kriegst dafür drei Mark, das ist mir die Sache wert.«

Vater kratzte sein letztes Geld aus der Börse. Es imponierte mir, daß er bar bezahlte, obwohl er knapp war. Dann wollte er wissen, wo die anderen seien.
»Einkaufen«, sagte ich.
»Das ist fein, wenn Mama kommt, sagst du es ihr. In deiner bewährten Art, verstanden?«
»Und wenn sie mir eine langt?«
»Du mußt dich hinreichend entfernt aufstellen, wenn du es sagst«, riet mir Vater. »Und dann bin ich ja auch noch da.«
»Also gut, ich mach's.«
Vater seufzte. »Jetzt müssen wir nur warten, bis sie kommt. Wie konnte ich aber wirklich wissen, daß eine funkelnagelneue Brücke zusammenkracht. Beim heutigen Stand der Technik! Im zwanzigsten Jahrhundert! Über solch einen kleinen Bach! Man könnte ja fast drüber springen.«
»Wenn man ein guter Weitspringer ist. Weltklasse ungefähr.«
»Ein paar Zentimeter hin oder her machen doch bei einer Brücke nichts aus.«
»Ne«, sagte ich, »fürchtest du dich eigentlich vor Mutti?«
»Ich?« fragte Vater. »Fürchten? Wie kommst du denn darauf? Weil ich dich bitte? Nein, es ist etwas anderes, du mußt das verstehen. Es ist, weil ich sie liebhabe, und weil man da einfach dem anderen Kummer ersparen möchte.«
An der Tür klingelte es.
Vater rief: »Das werden sie sein. Also, es ist abgemacht, du sagst es ihr.«
»Abgemacht.«

Vater öffnete, aber es war nicht Mutti mit dem Rest der Familie, sondern ein fremder Mann.

»Sie wünschen?« fragte Vater, als stünde unser Haus nicht auf einer Brücke.

»Ich bin der Tierarzt«, sagte der Mann.

»Sehr erfreut, aber wir haben keine Tiere.«

»Nein, nein, das weiß ich schon. Ich komme auch nicht zu Ihnen. Ich muß weiter in den Brunntaler Hof.«

Wir schoben die Schiebetüren zur Seite und ließen den Tierarzt mit seinem Wagen durch.

»Jetzt auch noch der Tierarzt«, seufzte Vater, »hoffentlich kommt er zurück, bevor Mutter daheim ist.«

Aber die Freude machte uns der Tierarzt nicht. Er kam gerade in dem Augenblick zurück, als Mutti und die anderen an der anderen Seite unseres Hauses eintrafen. Er fuhr zunächst durch unser Wohnzimmer, dann stieg er aus dem Wagen und bedankte sich.

»Falls Sie einmal ein Tier haben und einen Tierarzt brauchen sollten«, sagte er, »ich revanchiere mich gerne für Ihre Gefälligkeit.«

Mutti sagte: »Falls Sie auch hohe Tiere behandeln, dann sagen Sie doch einmal dem Bürgermeister, daß er sich mit der anderen Brücke beeilen soll.«

»Haha«, lachte der Tierarzt. »Hohe Tiere schlagen leider nicht in mein Fach.« Dann fuhr er ab, und wir waren allein.

»Jetzt auch schon der Tierarzt«, seufzte Mutti.

Vater wechselte das Thema. »Wo wart ihr denn so lang?« fragte er.

»Frag gleich deinen Jüngsten. Der hat auf dem Weg hierher bei einer Scheune einen alten Schweineknochen gefunden. Und da wollte er noch andere Knochen haben.

Er wollte da gleich zu graben beginnen. Und da gab's natürlich gleich ein Mordsgeheule.«
Spinne und Oma trugen nun die Einkaufstüten in die Küche, und Mutti ließ sich in einen Sessel fallen. »Der Kleine schafft mich noch«, sagte sie. »Ich weiß nicht, was in ihn gefahren ist, er will plötzlich nach Knochen graben.«
»Entsetzlich«, sagte Oma. »Solch ein Baby.«
»Vielleicht war ein entfernter Vorfahre von uns Archäologe.«
»Warum fragst du nicht gleich, ob ein Hund unter unseren Vorfahren war?«
»Weil dies kaum anzunehmen ist.«
»Übrigens«, rief ich jetzt, »weil du schon so gut sitzt. Es geht die Rede davon, daß . . .« Ich zögerte.
»Was, daß?«
»Daß die alte, das heißt die neue Brücke, ich meine die ganz neue, erst im Frühjahr gebaut werden soll.«
Mutti sah von Vater zu mir und von mir wieder zu Vater. Schließlich fragte sie: »Und da hörst du zu und sagst nichts? Kein einziges Wort? – Sag etwas!«
»Ja, was soll ich denn . . .«
»Daß er endlich mit seinen Lügenmärchen aufhört. Die Brücke im nächsten Frühjahr, das ist ein Witz. Das kaufe ich dir nicht ab.«
»Frag den Bürgermeister. Ich hab's aus dem Gemeindeamt.«
»Den Bürgermeister! Weil das der Umgang ist, den du hast.«
»Vielleicht stimmt es doch«, sagte Vater.
»Jetzt fängst du auch noch an, statt mit dem Knaben einmal ein ernstes Wörtchen darüber zu reden, daß er

allmählich, ich sage ausdrücklich allmählich, sich mehr der Wahrheit befleißigen soll.«
»Also gut«, sagte ich wütend. »Die Brücke wird viel eher gebaut. Vielleicht schon in der nächsten Woche.«
»Na also«, sagte Mutti, »warum sagst du nicht gleich die Wahrheit?«

Es ist komisch, seit diesem Tag hatte es Bero mit den Knochen. Wenn wir bei Tisch saßen und es kam Fleisch auf den Teller, fragte er: »Von welchem Tier ist das Fleisch?«
»Vom Schwein«, antwortete ich diesmal.
»Welche Knochen hat das Schwein?«
»Verschiedene.«
»Wie viele?«
»Ich hab' sie nicht gezählt.«
»Zeichne mir ein Schwein auf«, bettelte Bero. »Aber nur die Knochen. Bitte!«
»Doch nicht jetzt beim Essen. Sitz schön artig bei Tisch«, sagte Oma. »Und beim Essen spricht man nicht. Schon gar nicht von einem Schwein.«
»Er sprach ja nur von den Knochen«, nahm ich ihn in Schutz. »Er meint ja kein lebendiges, sondern nur ein totes Schwein, das Skelett, verstehst du?«
Oma schob den Teller von sich und sagte: »Danke, ich bin satt.«
»Kannst du nicht den Mund halten?« fragte mich Mutti wütend.
»Ich hab' ja nicht von einem dreckigen, lebendigen Schwein gesprochen, sondern nur von einem sauberen Skelett«, verteidigte ich mich.

Jetzt schob Bero den Teller von sich.
»Wirst du aufessen!« schalt Oma.
»Iß du selbst auf«, sagte Bero, und es klang eigentlich gar nicht frech. Aber Oma empfand es dennoch so.
»Für diese Frechheit solltest du nichts zu essen bekommen«, sagte sie.
»Also, was soll er jetzt«, wagte Spinne zu fragen. »Du sagst ihm, daß er essen soll, und dann sagst du, er soll nichts zu essen bekommen. Wie soll der Kleine sich da auskennen?«
»Die Knochen vom Schwein«, bettelte Bero. »Ich will die Knochen vom Schwein.«
Ich versuchte ein Schwein ohne Fleisch zu zeichnen. Ich weiß nicht, woran es lag, aber es sah ziemlich traurig aus.
»Und das bei Tisch!« empörte sich Oma. »Wir hätten so etwas nie gewagt.«
»Iß auf!« sagte Bero zu ihr. »Sonst kriegst du keinen Pudding.«
»Und jetzt einen Fisch«, befahl Bero, »aber nur die Knochen.«
»Ein Fisch hat keine Knochen«, erklärte ich, »sondern Gräten.« Im Grunde war ich ihm dankbar, denn ein Fisch ohne Fleisch war viel leichter zu zeichnen als ein fleischloses Schwein.
»Und jetzt eine Kuh.«
»Nee«, sagte ich, »jetzt ist es aus. Eine Kuh kannst du dir selber zeichnen.«
»Aber ich will die Rohre sehen!« rief Bero. »Bitte eine Kuh, mach doch schon.«
»Nein, jetzt nicht.«
»Das wird ja immer schöner«, sagte Oma.

»Ich will die Rohre sehen!« rief Bero. »Bitte, eine Kuh.«
»Was redest du denn immer von Rohren?« fragte Spinne. »Eine Kuh hat Hörner, aber keine Rohre.«
»Hat Rohre.«
»Ach, bei dir piept's wohl«, rief Spinne aufgebracht. »Eine Kuh mit Rohren.«
»So frag ihn doch, was er meint«, schlug Mama vor. »Robert, was meinst du mit Rohren?«
»Spinne ist blöd«, sagte der Knirps zunächst, weil ihm das wichtiger erschien. »Ich meine die Rohre mit der Milch.«
Oma sah geradeaus vor sich hin.
»Aber die Milch ist nicht in Rohren in der Kuh, die Milch ist im Euter.«
»Und wo ist das Euter?«
»Zwischen den Beinen.« Ich zeichnete es ihm auf. »Du hast es doch schon gesehen«, erinnerte ich ihn, »da trinkt doch das Kälbchen draus.«
»Und aus welchem Rohr kommt das Kälbchen?«
»Das ist kein Rohr, wie du dir das vorstellst«, sagte Mutti, »das dehnt sich sehr weit aus, sonst könnte das Kälbchen ja gar nicht herauskommen, weißt du?«
Oma seufzte.
Bero hatte es sich überlegt, er wollte jetzt eine Kuh sehen, aus der ein Kälbchen kam.
»Dieses Kind!« sagte Oma.
Aber Mutti sagte: »Vielleicht siehst du es einmal beim Bauern, weißt du, so gut zeichnen kann dein Bruder nämlich auch wieder nicht.«
Natürlich wollte er zum Bauern und warten, bis eine seiner Kühe ein Kälbchen bekam. Ich mußte ihn wieder zur Seite nehmen und ihn anfahren, damit er Ruhe gab.

Er handelte sich allerdings aus, daß er Bücher ansehen durfte. In meinem Zimmer warf er sich auf den Teppich und betrachtete die Bücher.
Wenn Bero Bücher ansah, war er zu genießen, heute aber jubelte er plötzlich los.
»Was ist?« fragte ich.
»Knochen!« rief er und stand auf. »Guck, lauter Knochen!«
Er hatte ein Buch erwischt, in dem von Ausgrabungen berichtet wurde. Er war auf die Abbildung eines freigelegten Steinzeitgrabes gestoßen. Er wollte wissen, was unter den Knochen geschrieben stand.
Ich las es ihm vor. Er verstand es nicht oder nur halb, aber er nickte.
»Ist das ein Mann?« wollte er wissen.
»Wahrscheinlich«, sagte ich.
»Und du hast auch solche Knochen?«
»Ja.«
»Und ich auch?«
»Ja.«
»Und Papa und Mama?«
»Auch.«
»Auch die Oma?«
»Auch die Oma.«
»Werden wir auch so fotografiert?«
»Das weiß ich nicht, wahrscheinlich nicht.«
»Warum nicht?«
»Ach, Bero, jetzt hör endlich auf.«
»Warum nicht? Ich will aber!« Er schien weinen zu wollen, wenn er nicht auch so fotografiert würde. »Vielleicht doch«, tröstete ich ihn. Ich wollte einfach meine Ruhe.

»Und kommen wir dann auch in ein Buch?«
»Du bestimmt.«
»Fein«, sagte Bero und verschwand.
Wenige Minuten später wurde ich ziemlich scharf von Mutti gerufen.
»Warum erzählst du Robert, daß wir alle als Totengerippe fotografiert werden, besonders er und Oma?«
»Aber so war es doch gar nicht. Er wollte doch so fotografiert werden, und da hab' ich ja gesagt, damit er Ruhe gibt.«
»Ich sehe schon«, sagte Mutti, »ich muß einmal ein ernstes Wort über dich mit Papa sprechen. Das ist wirklich zu viel.«
»Du weißt doch, wie er ist.«
»Kein Wort mehr«, sagte Mutti ärgerlich. »Du hast Oma sehr gekränkt.«
Das hatte man davon, wenn man sich um die Bildung des kleinen Bruders kümmerte. Ich blieb oben in mei-

nem Zimmer. Es war gescheiter zu warten, bis Vater kam.
Er war auch noch keine Viertelstunde daheim, da klopfte er.
»Herein«, rief ich.
»Na«, sagte Vater, »immer noch bei der Arbeit?«
»Ja.«
Vater setzte sich und schwieg eine Weile, dann sagte er: »Also, schieß los, wie war das mit den Totengerippen?«
»Ganz einfach. Bero hat sich Bücher angesehen und dann das Bild hier entdeckt.« Ich zeigte es ihm.
»Aha.«
»Und er hat schon zu Mittag immer nur von Knochen geredet, und ich hab' ihm ein Schwein ohne Fleisch zeichnen müssen, und einen Fisch. Und eine Kuh wollte er auch gezeichnet haben.«
»Was der Kerl bloß mit seinen Knochen hat«, sagte Vater. »Wie ging's weiter?«
»Er wollte wissen, was das für ein Gerippe ist. Da hab' ich's ihm erklärt.«
»Und?«
»Dann wollte er wissen, ob wir alle auch einmal so aussehen. Da hab' ich ja gesagt. Oder stimmt's nicht?«
»Natürlich stimmt's, Manfred. Und wie ging's weiter?«
«Dann wollte er wissen, ob wir auch so fotografiert werden. Da hab' ich zuerst nein gesagt, da merkte ich, daß er wollte, daß wir so fotografiert werden, da hab' ich ›vielleicht‹ gesagt.«
»Wir kennen ihn ja.«
»Und dann wollte er noch wissen, ob wir auch in so ein

Buch kommen, und da ich wußte, daß er heult, wenn ich nein sage, hab' ich gesagt, er kommt bestimmt in ein Buch.«
»Und was hat er da gesagt?«
»›Fein‹ hat er gesagt.«
Vater lächelte. »Bero wollte Oma bestimmt eine Freude machen, als er sagte, sie käme auch als Totengerippe in ein Buch. Er findet es bestimmt toll.« Vater saß da und starrte vor sich hin. »Ist doch eigentümlich«, sprach er weiter, »ich meine, wie verschieden Kinder sind. Keines von euch hat sich so für Knochen interessiert wie er. Und es gibt noch eine ganze Reihe von Unterschieden. Aber was findet er an den Knochen?«
»Es interessiert ihn halt.«
»Möglich«, sagte Vater, »ich hab' als Kind immer wissen wollen, wie die Leute unter den Kleidern aussehen, nun, das weiß er. Nun möchte er halt wissen, wie sie unter der Haut aussehen. Hoffentlich bringe ich das der Oma bei.«
Er stand noch etwas im Zimmer, als überlege er oder als habe er etwas sagen wollen, aber vergessen, was. Dann aber kam er zu mir und legte die Hand auf meine Schulter. Er drückte mich an sich.
»Man soll sich nicht davor fürchten«, sagte er, »aber schön ist's doch, daß wir noch ein bißchen Zeit haben, bis wir soweit sind wie der Steinzeitmensch in deinem Buch.«

Man soll es nicht glauben, wie schnell die Zeit in einem Haus auf der Brücke vergeht. Das macht das fließende Wasser unter dem Haus, auf dem schwimmt die Zeit schneller davon.

Die Ferien kommen viel rascher, wenn man in einem Haus auf der Brücke wohnt. Und sie dauern auch länger.
Ich wache davon auf, daß die Forellen schnalzen. So etwas muß man gehört haben. Sie springen aus dem Wasser und schnalzen, manchmal klingt es, als würden sie in die Hände klatschen, oder in die Flossen. Jedenfalls wache ich davon auf.
Im Haus ist's noch still, nur der Bach murmelt. Ich setze mich auf, gähne, das heißt, ich stoße verbrauchte Luft aus meinem Körper und atme frische, sauerstoffreiche Luft ein. Dann schleiche ich die Treppe hinunter, öffne die Türen im Wohnzimmer, denn der jüngste Sohn des Bauern hat diese Woche Frühdienst. Er kommt dann auch bald mit seinem Flüstermoped, grüßt und fährt durch.
Einen Morgen in unserem Haus auf der Brücke muß man erlebt haben.
Am Waldrand stehen vier Rehe und schütteln darüber den Kopf, daß auf der Brücke nun ein Haus steht. Im Ahorn klettern die Eichhörnchen, im Strauchwerk ist der Fasan mit seinen Hennen. Und heute entdecke ich bei der Scheune zur Stadt hin ein Auto mit einem Wohnwagen.
Ich hab' das eigentlich noch nie so richtig geschildert. Zwischen unserer Brücke und der Stadt liegt ein kleiner Berg. Er hat einen ganz poetischen Namen. Er heißt Sauberg, weil es hier einmal Wildschweine gegeben haben soll. Und auf unserer Seite des Saubergs ist ein kleiner, aufgelassener Steinbruch, der macht die Umgebung ein bißchen romantischer. Vielleicht hatte sich der Fahrer mit seinem Wohnwagen deshalb dorthin gestellt.

Die kleine Wiese unter dem aufgelassenen Steinbruch ist übrigens sehr windgeschützt, sie gehört uns, und man kann dort schon im März in der Sonne liegen, weil der Sauberg die kalten Nordwinde abhält.

Ja, also ich gehe an diesem Morgen zwischen dem Auto mit Wohnwagen und unserem Haus auf und ab. Und wie ich wieder auf den Wohnwagen zugehe, da geht die Tür auf, und ein Mädchen steigt aus. Ungefähr so alt wie ich.

Es erschrickt, will wieder in den Wagen zurück, aber wie sie sieht, daß es sich bei dem Fremden um mich handelt, faßt sie Vertrauen und grüßt.

»Guten Morgen«, sagt sie leise.

»Guten Morgen.«

»Ein schöner Tag.«

»Ja, ein schöner Tag.«

»Ist das Wasser im Bach sauber?«

»Zum Trinken?«

»Nein, nur so zum Waschen.«

»Zum Waschen reicht es. Man muß nur aufpassen, daß

man keine Forelle mit in die Waschschüssel bekommt, denen schmeckt die Seife nicht.«

Das Mädchen lacht und greift nach einem Plastikeimer.

»Komm«, sage ich, »ich hol' dir das Wasser.« Aber sie will den Eimer nicht hergeben, und so steigen wir miteinander die Böschung zum Bach hinunter.

»Gibt's hier wo Trinkwasser?«

»Könnt ihr von uns haben. Jetzt haben wir welches. Am Anfang hatten wir keines, da mußten wir auch das Bachwasser nehmen, aber da hatten wir einmal eine kleine Forelle im Kaffee.«

»Mensch, das gibt's doch nicht.«

»Doch. In einem Haus auf der Brücke gibt's so etwas. Da gibt's nur unglaubliche Dinge. Jetzt werden zum Beispiel bald die Kühe kommen.«

»Welche Kühe?«

»Die von einem Bauern hinter dem Berg, der treibt sie auf die Wiese drüben am anderen Ufer.«

»Durch den Bach?« fragt das Mädchen.

»Nein«, sage ich gedehnt, »durch unser Wohnzimmer nur.«

»Igitt, durchs Wohnzimmer!«

»Was ist denn dabei?« sage ich. »Hast du noch keine Kuh im Wohnzimmer gesehen? Die sind sehr manierlich. Sie putzen sich immer die Füße ab und haben noch nie einen Klacks auf den Teppich gemacht. Nur eine hat der Oma eine grüne Schürze vom Leib gefressen. Sie hat sie sicher für Futter gehalten, es waren nämlich auch Blumen drauf.«

»Mensch«, sagt das Mädchen, »du flunkerst ja die ganze Zeit.«

»Das glauben alle. Dabei sage ich nur die pure Wahrheit, so wahr ich Magnus heiße.«
»Magnus, was ist denn das wieder für ein Name.«
»Ein schöner«, sage ich. »Und wie heißt du?«
»Petra.«
»Mensch, ich wollte schon immer einmal sehen, wie ein Mädchen ausschaut, das Petra heißt. Und wie heißt du noch? Ich heiße Krämer.«
»Engel«, sagt das Mädchen. »Sei froh, daß du nicht Engel heißt.«
»Warum?«
»Weil alle sagen: ›na, und bist du ein Engel?‹«
»Siehst du, ich sag's nicht.« Ich hob den Kopf. »Hörst du?« frage ich.
Sie steht da und lauscht auch. »Was?«
»Die Glocken.«
»Du ulkst schon wieder! Du meinst wohl, Engel müssen bimmeln.«
»Nein, ich meine die Kuhglocken. Die Kühe kommen, die durch unser Wohnzimmer gehen.«
Sie macht ganz schnelle Katzenwäsche, trägt dann frisches Bachwasser zum Wohnwagen, und nun hört sie auch die Glocken.
Wie sie die Kühe sieht, fragt sie zögernd: »Und die gehen wirklich alle durch euer Wohnzimmer?«
»Du wirst es sehen. Komm.«
Wir gehen auf unser Haus zu und warten. Jetzt kommen die Kühe den Weg herunter, und ich erkläre ihr, daß die andere Brücke eingestürzt ist. »Der Bauer fuhr mit dem Fahrrad drüber, und als er am anderen Ufer war, brach die Brücke ein.«
»Gibt's nicht.«

»Ehrenwort. Ich kann dir die Brücke zeigen und den Bauern. Vielleicht war es sein Fehler, daß er auf der Brücke gehustet hat.«

Aber jetzt muß ich schnell ins Haus. Ich hab' nicht nachgesehen, ob was Grünes herumhängt. Petra kommt mit, und ich denke, die Augen fallen ihr aus dem Kopf, als die erste Kuh ins Wohnzimmer tritt und freundlich »muh« macht.

»Komm, komm. Nur weiter. Keine Bange. Das ist nur ein Engel, der Petra heißt«, erkläre ich der Kuh.

»Immer machst du Späße«, sagt Petra. »Wohnst du denn ganz allein hier?«

»Nein, die anderen schlafen noch.«

Wie die Kühe durch waren, sehe ich nach, ob sich kein Kälbchen in unserem Wohnzimmer verirrt hat, dann schließe ich die Türen.

»Tschüs«, ruft Petra. »Das war wirklich toll mit den Kühen. Wenn ich das daheim erzähle, glaubt's mir kein Mensch.«

»Warte«, sage ich. »Wo bist du denn zu Hause?«

»Im Ennepe-Ruhr-Kreis.«

»Ach, da oben.«

»Wir haben nur schwarzweiße Kühe bei uns. Die schwarzen Flecken gehen aber nicht mehr raus.« Sie lacht ganz leise wie ein Kätzchen.

»Und wir haben hier ganz dunkelbraune Kühe«, sage ich. »Die geben Kakao.«

Sie wird nervös und will zum Wohnwagen. »Wir müssen weiter«, erklärt sie. »Mein Vater hat sich gestern Nacht total verfranzt. Vielleicht auch schon früher.«

»Bleibt doch hier«, schlage ich vor. »Ihr könnt hier prima Urlaub machen. Die Wiese, auf der ihr steht, gehört uns, Vater hat bestimmt nichts dagegen. Und dann kannst du sehen, was alles durch unser Haus geht und fährt.«

»Ja, ich weiß nicht . . .«, sagt Petra. »Eigentlich wollten wir an einen See.«

»Haben wir. Einen Baggersee. Drüben, keine zehn Minuten von hier. Der ist nicht so überlaufen.«

»Kann man da auch Boot fahren?«

»Prima, wenn man eins hat, stundenlang. Und meine Mutter müßtest du auch kennenlernen. Das ist eine tolle Frau. Sie übersetzt englische Krimis ins Deutsche. Das heißt, eine Weile hat sie nichts übersetzt, weil wir einen Kleinen haben, und zum Teil auch, weil sie sich immer so fürchtet. Aber jetzt übersetzt sie wieder einen.«

»Vor wem fürchtet sie sich?«

»Vor den Mördern.«

»Vor welchen Mördern?«

»Vor denen im Krimi natürlich. Sie ist eben sensibel, so nennt man das. Wir dürfen sie nicht allein lassen, wenn sie übersetzt. Einmal, da schrie sie ganz furchtbar.«

»Warum?«

»Weil ich an ihre Tür klopfte.«

»Deswegen?«

»Im Krimi klopfte gerade auch jemand an die Tür, und man wußte, es würde der Mörder sein. Und da klopfte ich, und Mutti konnte Buch und Wirklichkeit nicht mehr auseinanderhalten und schrie.«
»Mensch«, sagt Petra. »Ich glaub', ich würde auch schreien.«
Ich will noch weitererzählen, weil ich gerade so gut in Fahrt bin, aber da geht drüben die Tür des Wohnwagens auf und eine finstere Stimme ruft: »Petra!«
»Oh«, seufzt sie und fährt zusammen. »Also dann, tschüüs!«
Ich sehe ihr nach, wie sie den leicht ansteigenden Weg zum Wohnwagen läuft. Dann fasse ich einen Entschluß. Ich muß Vater wecken.

Aber Vater stand schon in der Küche und schlug sich ein Ei in die Pfanne.
»Na«, sagte er, »schon auf? Soll ich gleich ein Ei für dich dazuschlagen?«
»Bitte, aber nicht zu scharf anbraten.«
»Klar«, sagte der Vater. »Na, was gibt's Neues?«
»Ich hab' mich mit einem Engel unterhalten«, sagte ich. »Er heißt Petra.«
»Und er hockt wohl noch oben in einem Baum und hat vergessen, vor Sonnenaufgang in den Himmel zurückzufliegen? Falls er noch draußen ist, frag ihn, ob er nicht auch ein Spiegelei will. Dann schlag ich gleich ein drittes Ei in die Pfanne.«
»Das kannst du auf jeden Fall gleich für mich tun«, rief Mutti, die die Treppe herunterstieg und sich die Augen rieb. »Guten Morgen, Chef.«

Mutti umarmte Vater und tat so, als ob sie an seiner Brust noch einmal einschliefe.
»Guten Morgen, Krimihexe«, sagte Vater. »Na, bist du gestern weit gekommen?«
»Dreizehn Seiten«, sagte Mutti.
»Toll!« lobte Vater. »Brav, bist ein tüchtiges Weib. Unser Sohn ist übrigens auch tüchtig. Der hat heute schon eine Begegnung mit einem Engel gehabt.«
»Mit einem was?«
»Engel«, sagte Vater, »ist das so unwahrscheinlich? Bei uns? Er heißt, wie hieß er noch?«
»Petra«, sagte ich.
»Schade«, sagte Mutti noch immer verschlafen, »daß er schon weg ist. Ich hätte so gern mal 'nen Engel gesehen, vor allem mit Namen Petra.«
»Aber er ist doch noch nicht weg.«
»Was? Ist er vielleicht noch hier im Zimmer, und ich seh' ihn bloß nicht?«
»Nein«, sagte ich, »er ist draußen.«
»Noch nicht im Himmel, von wannen er kömmt?« fragte Mutti.
»Er kommt nicht aus dem Himmel.«
»Sondern?«
»Von Ennepe-Ruhr, oder wie das Ding heißt. Da draußen im Wohnwagen.«
»Was?« schrie Mama. »Wohnwagen?«
»Was gibt's denn da zu schreien?« fragte Vater.
Und ich sagte zu ihm: »Du mußt den Leuten sagen, daß sie auf der Wiese bleiben können, wo sie stehen. Sie haben sich in der Nacht verfranzt und wollten uns nicht wecken. Geh hin und sag ihrem Vater, sie sollen bleiben.«

»Nein!« schrie Mama. »Nein, nein! Laß sie fahren, ich bitte dich, Hans. Laß sie fahren!«
»Was hast du denn?« fragte Vater. »Du zitterst ja wie, wie...«
»Espenlaub«, sagte ich, obwohl ich Espenlaub noch nie zittern gesehen habe.
»Was ich habe?« fragte Mutti. »Hast du vergessen, wie der Krimi heißt, den ich übersetze?«
»Total vergessen. Wie heißt er denn?«
»The murderer with the caravan«, sagte Mutti.
»Der Mörder mit dem Wohnwagen?«
»Ja.«
»Oh!« Vater nahm die Pfanne von der Platte und sagte: »Das ist allerdings delikat. Und da meinst du, er steht auch gleich pünktlich da draußen.«
Wir gingen zur Schiebetür und sahen hinaus.
»Ein Wohnwagen, wie in dem Buch«, sagte Mutti. »Mit einem großen Fenster am Heck. Ich danke. Du wirst sie nicht zum Bleiben veranlassen.«
»Doch!« rief ich. »Papsch, du mußt Petra sehen, sie ist so nett. Viel vernünftiger als alle anderen Mädchen.«
»Ich weiß nicht, was du hast«, sagte Vater zu Mutti. »Es gibt Hunderttausende von Wohnwagen. In jedem kann doch kein Mörder sitzen, ist dir das klar?«
»Es genügt, wenn da draußen einer drin sitzt.«
»Unsere Spiegeleier werden kalt«, rief ich. Wir wandten uns vom Wohnwagen ab und setzten uns gleich in der Küche an den Tisch.
»Nein, ich werde die Leute bitten, zu bleiben«, begann Vater, »nur, damit du siehst, daß es ganz nette Leute sind. Es ist doch irrsinnig, zwischen den beiden Zufällen einen Zusammenhang herzustellen.«

»Prima, Paps«, sagte ich. »Du bist 'ne Doppelwucht.«
»Und am Ende wirst du sehen, das sind ganz nette Leute«, sagte Vater zu Mutti.
»Nett ist der Mörder mit dem Wohnwagen auch.«
Wir aßen ziemlich schnell unser Frühstück, dann ging ich mit Vater hinaus. Die Engel-Schar war inzwischen auch beim Frühstück angelangt.
Vater stellte sich vor und sagte, daß ich Petra schon kennengelernt hätte, und wenn sie wollten, könnten sie ohne weiteres hierbleiben.
Der Mann sagte, sie wollten es sich überlegen. Es sei ja ein sehr hübscher Platz. Nur das Trinkwasser . . .
»Das können Sie jederzeit von uns haben. Und Milch vom Bauern. Und wenn Sie sonst was brauchen . . .«
»Danke«, sagte der Mann, der offensichtlich Petras Vater war, »sehr nett.« Er hatte einen etwas stechenden Blick und, obwohl er noch ziemlich jung war, eine ausgedehnte Glatze, nur ein schwarzer Haarkranz umsäumte sie. Er erinnerte mich an einen Mönch.
»Ist's nicht ein bißchen abgelegen hier?« fragte er schließlich. »Ich meine, ist man hier sicher? Oder kommt auch hin und wieder die Polizei vorbei?«
»Hier ist es sehr ruhig«, beruhigte ihn Vater. »Hier geschieht nichts. Vor drei Jahren sollen mal ein paar Wäschestücke von einer Wäscheleine verschwunden sein. Da sprechen die Leute heute noch drüber.«
Vater redete noch eine ganze Zeit mit Petras Vater, aber ich fragte mich, wieso er nach der Polizei gefragt hatte, und warum er wissen wollte, ob hier viel Leute vorbeikämen.
Ich erzählte es Mutter. Sie wurde bleich. »Wie sieht er denn aus?« fragte sie.

Nun, um es kurz zu machen, der Mann im Krimi, der der Mörder war, hatte auch eine Glatze mit einem schwarzen Haarkranz. Und einen stechenden Blick obendrein.

Arme Petra, dachte ich, sie weiß es gar nicht. Sie war so froh und munter heute morgen, und sicher hatte sie keine Ahnung. Ich ging zum Bach hinunter und wollte mich da auf einen großen Stein hocken. Aber der Stein war schon besetzt. Petra hatte ein nasses Tuch über den Stein gebreitet und rieb es mit Seife ein. Das Tuch aber hatte große Blutflecken.

»Zu blöd«, sagte Petra. »Uns ist eine Tüte mit Kirschen durchgeweicht, und jetzt gehn die Flecken nicht aus dem Tuch.«

Kirschen! Es war geradezu lachhaft. Ich tat aber, als glaubte ich ihr.

»Wo habt ihr denn die Kirschen gekauft?« fragte ich.

»Och, wenn ich das jetzt wüßte. In einem Laden, aber wo? Es war ein hübscher, kleiner Laden, war's bei Ulm? Ich weiß es nicht mehr.«

»In Ulm stehen an der Autobahn keine Läden«, sagte ich hart.

»Es war auch nicht auf der Autobahn. Vielleicht war's auch irgendwo anders. Zwischendurch hab' ich geschlafen. Warum willst du es wissen?«

»Ich will es gar nicht wissen.« – Gott sei Dank, dachte ich, sie muß es nicht wissen, daß das Rot nicht von den Kirschen kommt.

»Sind das im Wohnwagen«, ich räusperte mich, »sind das deine echten Eltern?«

»Ach, du meinst, weil man manchmal denkt, das sind

gar nicht die echten Eltern, die man hat? Manchmal denk' ich schon, daß sie nicht meine Eltern sind, und ich such' mir dann ganz andere Eltern aus, nur so in der Phantasie, verstehst du? Aber es sind schon meine echten Eltern. Denkst du auch mal so was?«
»Nein«, sagte ich.
»Komisch, warum fragst du dann?«
»Nur so.«
Wir stiegen langsam die Uferböschung hinauf. Als wir auf den Weg kamen, der zur Brücke führte, winkte mir Bero aus dem Wohnwagen zu.
»Bero!« schrie ich. »Du kommst sofort heraus.«
»Aber warum denn?« fragte Petras Vater. »Das ist ein heller Knabe. Noch kaum so einen hellen Knaben erlebt, nicht wahr, Mäxchen?«
Mäxchen war seine Frau, und sie sagte: »Ja.«
»Ja, also«, begann Herr Engel, »wenn du's vielleicht deinen Eltern sagen wolltest, wir haben beschlossen, hier

zu bleiben. Es ist doch sehr hübsch hier. Und der Baggersee fast ohne Leute. – Und hier kommen auch kaum Leute vorbei.«

»Ich werde es Vater sagen«, versprach ich, nahm Bero bei der Hand, der wieder einmal anders wollte und sich am Wohnwagen festhielt.

»Du kannst ihn ruhig da lassen«, sagte Herr Engel. »Wir mögen solche hellen Knirpse. Wir fressen ihn schon nicht auf, nicht wahr, Mäxchen?«

»Nein«, sagte Mäxchen. »Wir wollten uns schon immer solch einen kleinen Knaben kaufen, gleich so in diesem Alter, aber im Kaufhaus sind sie immer schon weg, wenn wir kommen.«

Es war eine ganz schwierige Situation für mich. Ich konnte doch nicht zeigen, daß ich sie durchschaut hatte. Ich brauchte ein Pfand, eine Geisel, wenn ich Bero bei ihnen ließ. Ich sagte: »Petra, kommst du mit, du kannst gleich Trinkwasser holen.«

»Ja, geh mit«, sagte Mäxchen. »Wir wollen heute doch einen richtigen Eintopf kochen. Und da müßte jetzt das Fleisch ins Wasser.«

Wie sie nur Fleisch sagte!

Ich knipste das Licht in meinem Zimmer aus und öffnete vorsichtig das Fenster.

Unten rauschte der Bach, im Wohnzimmer klapperte die Schreibmaschine. Manchmal prasselten die Buchstaben wie verrückt auf die Walze, dann war es wieder ganz still. Im Wohnwagen war hinter dem Vorhang im Heckfenster noch Licht.

Mir klapperten die Zähne, obwohl es gar nicht so kalt

war. Im nahen Wald schrie ein Käuzchen, oder war es nur das Signal eines Komplizen?
Da! Die Tür des Wohnwagens ging auf, und eine Gestalt mit Hosen drückte sich hinaus ins Dunkel. War das nun der Mann oder Mäxchen, die Frau? Sicher hatten sie Petra Schlaftabletten gegeben, daß sie nicht merkte, was geschah.
Jetzt glomm die Glut einer Zigarette im Gesicht der dunklen Gestalt auf. Ein Signal!
Mensch, und unten saß Mutti ahnungslos und hatte vielleicht nicht einmal die Fensterläden geschlossen. Sie war eine Zielscheibe für jeden, der sie erschießen wollte.
Ich schloß mein Fenster lautlos und lief dann zur Treppe.
»Mutti!« rief ich. »Psst!«
Mutti traf fast der Schlag. Sie stieß einen Schrei aus und flatterte vor Schreck mit den Händen.
»Psst!« machte ich noch einmal. »Tu so, als ob du weiter schreibst. Er steht draußen genau zwischen dem Wohnwagen und unserem Haus.«
»Oh, Gott, vielleicht ist er auch schon näher gekommen«, rief sie.
»Hast du die Fensterläden zu?«
»Um Gottes willen, n – nein!«
»Ganz ruhig«, sagte ich. »Bleib ganz ruhig. Tu so, als ob du gähnen würdest, dann steh auf und lösch das Licht. Aber ganz ruhig. Dann komm ich zu dir.«
»Weck vielleicht Papa auf«, schlug Mama vor.
»Nein, nein, das mach' ich schon.«
Jetzt drehte sie das Licht aus, und ich raste die Treppe hinunter zu ihr. »Komm«, sagte ich, »sei ganz ruhig.«

– Ich legte den Arm um ihre Schultern, was sie sehr beruhigte. »Komm, jetzt ist ja alles gut, wir müssen sehen, was er macht.«
Wir schoben den Vorhang etwas zur Seite. Da! Er gab noch immer Signale mit seiner Zigarette.
»Und du hast Paps noch gesagt, er soll sie bitten, zu bleiben, so ein Unsinn.«
»Sei ruhig jetzt, heute morgen wußte ich etwas noch nicht. Wenn ich das gewußt hätte, dann hätte ich Papa bestimmt nicht gebeten.«

»Was denn?«
»Sie hatten ein blutiges Tuch dabei. Petra hat's im Bach gewaschen . . .«
»Blut?« fragte Mutti. »Oh . . .«
»Ja, ich hab's gesehen. Petra ahnte nichts, sie sagte, es sei Kirschensaft. Der Bach hat sich ganz rot gefärbt.«
»Unser Bach.« Mutter schüttelte sich.
»Es war ja unterhalb der Brücke«, beruhigte ich sie. »Das Blut ist nicht unter unserem Haus durch. Wie bringt denn der Wohnwagenmann seine Opfer um?« fragte ich dann.
»Er parkt immer bei einzeln stehenden Häusern, erschleicht sich das Vertrauen der Bewohner, und dann legt er los.«
»Mit dem Messer oder mit der Pistole?«
»Er hat keine Waffe bei sich, die würde ihn ja verraten. Er verwendet immer einen Gegenstand, den er im Haus des Opfers findet.«
In mir stieg die kalte Angst hoch. Mir war, als stünde ich bis in die Hüftgegend in Eiswürfelchen.
»Kommt er jetzt nicht näher?« fragte Mutti.
Tatsächlich! Er kam Schritt für Schritt an das Haus heran. Ganz langsam. Schritt für Schritt. Man hörte seine Füße schon über den sandigen Weg schleifen.
»Was sollen wir tun?« fragte Mutti verzweifelt. Er erschlägt uns glatt mit der Schreibmaschine.«
»Angriff ist die beste Art der Verteidigung«, sagte ich.
»Du willst doch nicht hinaus zu diesem Ungeheuer?«
»Nein. Komm, schalte schnell das Licht am Hauseingang an, und dann alle Lampen hier im Wohnzimmer.«
Sie tat wie geheißen, und ich sah, wie der Mann auf dem Weg zu unserem Haus zusammenzuckte, aber dann

schneller auf unser Haus zukam. Jetzt gab's nur eins, ich lief zur Tür, riß sie auf und sagte ziemlich barsch: »Sie wünschen?«
»Gott sei Dank«, sagte Herr Engel. »Ich war auf dem Weg hierher, da ging das Licht aus, und ich überlegte, ob ich noch weitergehen sollte, aber da Sie jetzt Licht machen... Wir hatten nämlich kein Trinkwasser mehr. Entschuldigen Sie, das wird nicht mehr vorkommen, aber meine Frau hätte so gerne noch eine Tasse Tee gehabt.«
Jetzt war auch Mutti hinter mir und preßte mich an sich. Sicherlich wollte sie mit mir gemeinsam sterben.
»Gestatten, Engel«, sagte da Herr Engel. »Engel ohne Erz, Engel wie Teufel, wenn Sie so wollen. Ich habe den Namen ziemlich billig von meinem Vater bekommen, darum verwende ich ihn, obwohl man immer wieder blöde Witze darüber reißt. Das fing in der Schule an, und das hört im Amt nicht auf. Da hören Sie schon manchmal alle Engel singen.«
»Im Amt?« fragte meine Mutter, ihrer Stimme kaum mächtig.
»Ja, ich bin Richter, falls Sie erlauben. Ich höre, wir haben Berührungspunkte.«
»Wir? Wieso?«
»Sie übersetzen Krimis ins Deutsche.«
»Von wem hören Sie das?«
»Bero, das schlaue Kind, sagte ähnliches, falls ich recht verstand. Er fragte uns nämlich, ob wir Mörder seien.«
»Bero?«
»Ja. Er meinte, falls wir Mörder seien, sollten wir abhauen, weil Sie in der Schreibmaschine einen Revolver hätten.«

»Jetzt fängt der auch schon an!« jammerte Mutti.
»Und wer hat bereits begonnen?«
»Ach, der da«, sagte sie und wies auf mich. »Und ich selbst auch, wir haben leider alle ein bißchen viel Phantasie. Und ich, ich übersetze gerade . . .«
»Sag's nicht«, warnte ich Mutti.
»Ach, laß doch, ich übersetze gerade ein Buch ›Der Mörder mit dem Wohnwagen‹, und da . . . Dieser Mann, ich meine, er stellt sich immer in die Nähe einzelner Häuser, naja, und dann . . .«
»Dann murkst er die einzelstehenden Hausbesitzer ab. Wie schrecklich! Nun, ich, falls Sie das beruhigt, habe nichts dergleichen im Sinn.«
Wir hörten plötzlich Schritte hinter dem Herrn Engel, er fuhr herum, aber es war nur Mäxchen, seine Frau.
»Ich krieg's langsam mit der Angst zu tun«, sagte Frau Engel, »wo bleibst du denn so lange?«
»Wir unterhielten uns gerade über einen Mörder mit Wohnwagen«, erklärte Herr Engel.
»Um Gottes willen, vor dem Schlafengehen!«
»Wollen Sie vielleicht den Tee bei uns trinken?« fragte nun meine Mutter.
»Wenn wir nicht stören.«
»Und Petra? Wenn sie aufwacht?«
»Ach, die schläft doch fest. Wir halten Sie bestimmt nicht lange auf«, versprach da Herr Engel.
Und dann saßen wir noch zwei Stunden beim Tee, und ich sah öfter zum Wohnwagen.
Aber Petra schlief fest in ihrem Bett. Wie ein Engel.

Der Sommer ging dem Ende zu, in den Schaufenstern der Papiergeschäfte tauchten wieder die Schulhefte auf, und Petra bekam einen etwas leidenden Zug um den Mund.
Wir hockten auf einem Felsbrocken am Ufer und fütterten die Forellen, da sagte sie es: »Das waren meine schönsten Ferien.«
Ich nickte. Auch für mich waren es die schönsten Ferien gewesen. Und das machte nicht nur das Haus auf der Brücke.
»Ich meine nicht nur diesen schönen, sauberen Bach hier«, erklärte sie.
»Ich weiß«, sagte ich.
»Und es war auch nicht der Sauberg, und die Rehe am Morgen, und euer Haus auf der Brücke, und die Kühe, wenn sie durchs Wohnzimmer gingen...«
»Das Kalb, das sich in die Küche verirrte«, sagte ich, »und vor dem Kühlschrank lag, daß wir die Limo nicht herausholen konnten. Das war vielleicht ein Bild!«
»Wenn ich das bei uns daheim erzähle«, rief Petra, »es glaubt mir kein Mensch.«
»Ich werde auch Schwierigkeiten in der Schule haben, wenn ich's erzähle.«
Sie fuhr herum. »Warum?«
»Weil es mir niemand glauben wird.«
»Was?«
»Daß die Ferien so schön waren.«
»Was wirst du in der Schule erzählen?« fragte sie.
»Och«, sagte ich, »nichts Besonderes. Ich würde gar nichts Genaues erzählen. Ich würde nur sagen: ›eines Tages, ich machte gerade die Tür auf, um die Kühe durchzulassen, da stand ein Wohnwagen in unserer

Wiese beim Haus, er hatte sich verfranzt, das heißt der Fahrer natürlich. Und dann . . .«
»Und dann?«
»Ach, nichts«, sagte ich. »Sie werden's mir doch nicht glauben.«
»Wirst du ihnen meinen Namen sagen?«
»Das weiß ich noch nicht. – Nein, ich glaube, nicht.«
»Man kann nicht alles sagen, gelt?«
»Nein, man kann nicht alles sagen.«
Es waren die letzten drei Tage. Dann würde sie wieder fahren. Und ihr Vater würde wieder in Akten blättern und aufstehen und sagen »Im Namen des Volkes«. Toll eigentlich, daß er das so sagen konnte, ohne das Volk vorher zu fragen. Aber er sagte es. Petra hatte es immer wieder bestätigt.
»Besuch uns mal«, sagte Mäxchen, die eigentlich Grete hieß. Mäxchen kam auch nicht von Max oder Maximilian, sondern von einem Schweizer, der zu einem Essen, das die Frau des Richters gekocht hatte, sagte: ›Das war maximal‹. Daher kommt Mäxchen.

»Besuch uns mal«, hatte Mäxchen gesagt. Das war eine offizielle Einladung.

»Oh«, hatte ich geantwortet, »sehr nett, danke schön. Ja, vielleicht komm' ich mal da hinauf.«

Am vorletzten Tag gingen wir mit dem Bauern auf den Berg. Da wurden die Schafe zusammengetrieben und auseinanderklamüsert. Jeder Bauer trieb dann seine Schafe nach Hause. Wir wollten ihm helfen. Wir, das waren Petra, Bero und ich.

Bero hatte ich ein bißchen aus den Augen verloren in diesem Sommer. Nun, es war so viel zu tun. Und manchmal störte er ja wirklich, wenn ich mit Petra ein ernsthaftes Gespräch führen wollte.

Andauernd redete er dazwischen. Immer war er es, der sich bemerkbar machen wollte. Er hält dann einfach die Klappe nicht.

Heute allerdings war er ziemlich still. Außerdem ging er mehr mit dem Bauern, denn er hatte mir verraten, daß er sich ein kleines Schaf kaufen wolle. Dreiunddreißig Pfennig habe er mit. Die wollte er dafür ausgeben.

Es war ein schöner Septembertag. Ganz klar. Auf dem Honigkogel, der doch schon ein gutes Stück entfernt war, konnte man »die Bäume zählen«, wie die Leute hier sagen. Die Beeren der Ebereschen waren schon grellrot. Es war so schön, daß es furchtbar sein mußte, gerade jetzt woandershin zu fahren.

Oben, auf einer ziemlich flachen Wiese, hatten sich schon andere Bauern und Sommergäste eingefunden, die dem Schauspiel beiwohnen wollten.

Etwas später fanden sich dann die Schafe ein und schienen zunächst völlig ratlos. Vor allem hatten sie keine Ahnung, zu welchem Bauern sie gehörten. Und auch die

Bauern erkannten sie nur an den Ohren, da waren sie gezeichnet. Es war ganz merkwürdig. Die Rufe der Bauern, das aufgeregte oder jammernde Blöken der Schafe, das Bimmeln der Glocken und der wolkenlose, blaue Himmel darüber. Mir war, als erlebte ich das gar nicht heute, sondern hätte es schon längst erlebt.
»Warst du schon mal in Griechenland?« fragte ich Petra.
»Ja, aber als ganz kleines Mädchen. Ich kann mich kaum mehr erinnern. Und du?«
»Nein, aber ich kann mich gut daran erinnern.«
Sie lachte wieder ihr lustiges Katzenlachen. Sie fand's herrlich, wenn ich solche Witze machte. Sie wußte ja nicht, wie es in mir aussah.
Dann machten wir uns auf den Rückweg. Das ging nun wesentlich langsamer, weil wir ja die Schafe mit uns führten, und weil die immer noch einen Halm da, ein Blatt dort fressen wollten. Auf einem Stück Bundesstraße zeigten die Schafe, daß sie keine Ahnung von der Straßenverkehrsordnung hatten. Sie wußten nicht, daß sie sich rechts halten mußten, wie manche Autofahrer auch. Aber der Bauer warnte vorn die entgegenkommenden Autos und ich jene, die hinter uns herkamen.
Petra ging mit Bero inmitten der Herde. Es sah aus, als schwebten die beiden in Wolken.
Dann waren wir endlich auf dem Weg zu unserem Haus. Unsere Herde wirbelte ziemlich viel Staub auf, den die kleineren Schafe am Schluß des Zuges schlucken mußten. Den älteren Schafen schien der Weg nun schon vertrauter, aber vor unserem Haus blieben sie nach dem Leithammel wie angewurzelt stehen und guckten ein bißchen überrascht und beleidigt.

Es folgte ein blökendes »Teach-in«, eine langwierige Schafsdebatte darüber, ob Häuser auf einer Brücke stehen durften oder nicht, und ob man klassenbewußte Zuchtschafe dazu zwingen konnte, durch ein solches Haus zu gehen.
Sie hatten nicht die rechte Lust dazu. Schließlich zog und schob der Bauer den Leithammel durchs Haus, bis der etwas irritiert am anderen Ufer stand und offenbar meinte, die übrigen könnten unbesorgt nachkommen.
Trotzdem folgten sie nur zögernd, erst in der Mitte des Wohnzimmers begannen sie zu rennen, als wären sie in eine Falle geraten. Als sie alle durch waren, stellte Mutti mit Befriedigung fest, daß sogar die Schafe unseren Fußboden respektiert hatten. Sie fegte schnell aus und deckte den Tisch fürs Abendbrot.
Als wir alle beim Tisch saßen und es einen Moment still war, hörten wir ein leises Schnarchen.
»Hallo!« rief Vater. »Ist da noch jemand?«
Keine Antwort.
Aber dann wurde das Schnarchen immer lauter. Wir standen auf und machten uns auf die Suche. Schließlich fanden wir die Erklärung für die Laute.
Unter Muttis Schreibtisch lag auf einem Fell ein kleines Lamm und schlief.
»Ich weiß«, sagte Bero, »das ist mein Lamm. Es hat mich gesehen und will bei mir bleiben.«
»Wir können doch kein Lamm behalten«, sagte Vater, »das gehört uns doch nicht. Wir haben ja nicht mal einen Stall für ein Lamm.«
»Das macht nichts, es kann bei mir im Bett schlafen.«
»Ein so kleines Lamm will aber noch bei seiner Mutter sein.«

»Dann holt sie halt.«
»Das schlag dir aus dem Kopf, das kommt überhaupt nicht in Frage«, sagte Vater.
Und eine Stunde später kaufte er dem Bauern das Lamm samt Mutter ab.
Tja, und so war plötzlich der Morgen da, an dem die Engels abreisen wollten. Wir redeten eine Menge Unsinn, und weil wir immer noch neuen zu reden wußten, wurde es ein sehr langer Abschied.
»Mach's gut«, sagte Petra und reichte mir die Hand, ehe sie in den Wagen stieg. »Mach's gut.«
»Danke«, sagte ich, »du auch. Ruf an, wenn ihr daheim seid, schließlich macht man sich Sorgen.«
»Mache ich«, sagte sie, und dann drückte sie Bero an sich und küßte ihn ab, bis der »jetzt ist's aber genug« schrie. Er ist eben doch noch ziemlich klein und dumm.
»Also Manfred«, sagte Mäxchen und legte ihren Arm um meine Schulter, »du kommst mal, versprochen?«
»Versprochen«, wiederholte ich ziemlich mühsam. Ich weiß nicht, sie nahm mir immer ein wenig die Luft. Und

obwohl sie schon über dreißig war wie Mutti, sah sie in ihren Jeans und in ihrer rotweiß karierten Bluse noch ziemlich gut aus.
»Also«, sagte dann der Richter zu mir, »zwischen uns ist sowieso alles klar, nicht?« Er faßte ein Büschel meiner Haare und zog daran.
Petra saß schon blaß im Wagen, sah wie abwesend zu und machte ein Gesicht, als sollte sie entführt werden.
Und dann fuhren sie los. Und wir konnten gar nicht gut winken, weil der Wohnwagen ja alles abdeckte. Und sicher war es auch gut so. Was sollte noch das Gewinke und Getue? Man mußte sich um die kümmern, die zurückgeblieben waren.
Um Bero zum Beispiel. Ich nahm ihn hoch und drückte ihn an mich. Und dann küßte ich ihn auch ab.
»Hör auf!« schrie er. »Du küßt genau dahin, wo auch Petra mir Bussis gegeben hat.«

Es wurde schlagartig Herbst. Von dem großen Ahorn fielen die Blätter, am Morgen hing Nebel in den Weiden, und die Kühe in den Wiesen husteten. Wenn ich mit dem Rad in die Schule fuhr, wurden schon die Finger klamm und die Augen tränten mir manchmal. Don hatte eine neue Klassenkameradin, Karin. Sie kam ziemlich oft zu uns, und sie machten dann miteinander Hausarbeiten. Sie war fast so groß wie er. Und sie steckten immer zusammen. Manchmal hielten sie auch Händchen, wenn sie Vokabeln büffelten oder so.
Mutti übersetzte einen neuen Krimi. Ein reicher Mann, dessen reiche Frauen immer kurz nach der Hochzeit umgekommen waren, heiratete eine reiche Frau, deren

reiche Männer immer kurz nach der Hochzeit umgekommen waren. Und jetzt versuchten die beiden, sich gegenseitig umzubringen. Sie hatten dazu eigens ein alleinstehendes Schloß gemietet und eine taube Köchin und einen stummen Diener angestellt. Mutti sagte, manchmal sei die Sache nicht ohne Humor, englischen Humor, versteht sich, und dabei klapperte sie mit den Zähnen und hatte die Gänsehaut.
Ach ja, und Petra schrieb fast jede Woche. Sie erzählte mir haarklein, was sie da oben im Nordwesten alles tat. Sie hatte mir auch ein Foto von ihrem Haus geschickt, wo sie aus dem Fenster guckt. Aber man erkennt sie nur recht schlecht darauf. In Wirklichkeit war sie viel hübscher. Außerdem sah man nur ihren Kopf.
Es zeigte sich auch, daß der Mann, der uns das Haus verkaufte, nicht gelogen hatte, als er versprach, es hätte eine sehr gute Wärmeisolierung. Wir hatten es wirklich schön warm. Das merkten auch die Leute, die jetzt über die Brücke mußten. Es war gut, vom strömenden Regen draußen in unser Haus zu kommen.
»Ach«, sagte der alte Mann, der schön öfters bei uns gegessen hatte. »Ich habe nie gewußt, daß es auf einer Brücke so gemütlich zugehen kann.«
Und der Fischer klopfte auch gern an. Wenn es regnete, ließ er sich einen Schnaps und einen Kaffee spendieren und hängte seine Angel bei unserem Fenster hinaus.
»Wenn ich gewußt hätte, daß man so etwas machen kann, dann hätte ich mir die Brücke gekauft«, meinte er. »Bitte, ich hätte mir kein so großartiges Haus draufgebaut wie dieses hier, mit Zentralheizung und so. Aber eine kleine Hütte mit einem Bett und einem eisernen Ofen, das schon.«

Und er hockte am Fenster, hielt seine Angelrute und sagte, daß die Forellen blöde Fische seien, weil sie sofort zubissen, wenn man sie mit einem ordentlichen Köder lockte.
Manchmal schenkte er uns ein paar blöde Forellen, die dann doch sehr gut schmeckten.
Und dann regnete es ein paar Tage, das Wasser des Baches wurde immer schmutziger und stieg immer höher, und schließlich fehlte nur noch eine Spanne bis zur Brücke.
Oma wäre am liebsten mit einer Schwimmweste ins Bett gegangen, und wir alle ließen Bero nicht aus den Augen. Der Bach war zu einem reißenden Fluß geworden.
Aber dann, ich wachte davon auf, hörte es mitten in der Nacht zu regnen auf, es wurde kälter, und das Wasser sank wieder.
»Wo sind jetzt die Forellen?« fragte Bero, als wir miteinander aus dem Fenster schauten.
»Da unten im Wasser«, sagte ich.
»Aber warum sieht man sie nicht?«
»Weil das Wasser so schmutzig ist.«
»Wer hat das Wasser schmutzig gemacht?«
»Niemand«, sagte ich, »das kommt vom Regen. Der macht, daß das Wasser steigt, und wenn das Wasser steigt, reißt es Erde mit, Wurzeln und Steine.«
»Und die Forellen?«
»Die bleiben.«
»Wieso können sie wissen, wo sie sind, wenn sie nichts sehen?«
»Die wissen das aber.«
»Kommt jetzt der Tierarzt zu den Forellen?«

»Nein.«
»Warum nicht?«
»Forellen brauchen keinen Tierarzt.«
»Doch, sie brauchen.«
»Ist gut«, sagte ich, »sie brauchen einen Tierarzt.«
»Ruf an, er soll kommen.«
»Nein, ich ruf' nicht an.«
»Du sollst anrufen!«
Ich rief an. Das heißt, zuerst tat ich nur so, aber Bero merkte es. Ich mußte echt anrufen, und er hörte zu, ob sich der Tierarzt auch meldete. Er war selbst am Apparat.
»Manfred Krämer«, sagte ich. »Herr Doktor, wir sind die Leute auf der Brücke.«
»Ach ja, was gibt's?«
»Mein kleiner Bruder will, daß Sie die Forellen untersuchen. Das wäre eigentlich alles.«
»Eilt es?« fragte der Doktor.

»Nein. Vielleicht, wenn Sie gelegentlich vorbeikommen oder zum Bauern müssen.«
»Gut, wird gemacht.«
Bero war befriedigt. »Ich bleibe auf, bis er kommt«, sagte er.
»Das geht nicht. Der Doktor kommt erst morgen.«
»Ich warte.«
»Gut«, sagte ich endlich, »du wartest.« Weil ich nachgab, hatte er am Abend vergessen, daß er warten wollte. Dafür weckte er uns am nächsten Morgen, es war noch stockdunkel, mit einem Mordsgebrüll.
Wir trafen uns alle vor seiner Tür, und akute Blinddarmentzündung war das mindeste, was wir vermuteten. Aber es war nichts. Ihm war nur eingefallen, daß er gestern abend hätte noch wach bleiben wollen und daß ihn niemand an sein Vorhaben erinnert hatte.
Als ich von der Schule heimkam, hatte er ein altes weißes Hemd von Vater an, und Mutti trug eine Rotkreuzbinde und eine weiße Schürze. Über dem Kleid natürlich.
»Was ist denn hier los?« fragte ich.
Mutti machte mir Zeichen, die ich nicht verstand. Erst später kapierte ich, daß ich »Guten Tag, Herr Doktor« bellen sollte, da ich ein Hund war.
Ich mußte mich sofort auf den Boden legen, und der »Doktor« untersuchte mich. Er fand, daß ich ein Herz und eine Lunge zuviel hätte und daß beides raus müßte. Dann operierte er mich. Weil ich brav war, bekam ich von der Schwester ein Stück Wurst.
Als Spinne kam, war sie ein Pferd, und Don war ein Ochse, was ihm wenig schmeichelte, zumal er »Diphtherieentzündung« hatte.

Beim Mittagessen fragte er Mutti, die noch immer die Schwesterntracht trug, was sie am Nachmittag vorhätten, und wir fragten uns allmählich, ob er vielleicht wirklich ein Tierarzt, Mutti eine Schwester und wir ein Hund, ein Pferd und ein Ochse wären.

Nur als am Nachmittag Dons Klassenkameradin Karin kam und Bero verlangte, sie solle sich ausziehen, weil sie ein Schwein sei und Junge bekäme, wurde das Mädchen furchtbar rot und die Lage kritisch.

Ich überlegte gerade, wie ich das Ansinnen Beros erklären solle, da kam mir der Himmel im wahrsten Sinn des Wortes zu Hilfe. Es begann zu schneien. Und das lenkte den Tierarzt so ab, daß er seine neue Patientin vergaß. Er begab sich ans Fenster, und bald heulte er, weil er nicht alle Flocken zählen konnte. So stark schneite es. Ich verdrückte mich, und so kam Mutti zu dem zweifelhaften Vergnügen, Schneeflocken zu zählen.

Bero fragte: »Wie viele Schneeflocken fallen auf die Wiese?«

»Siebenhundertachtundneunzigtausenddreihundertfünfundzwanzig.«

»Schreib's auf. Und wie viele aufs Dach?«
»Zweihunderttausendsiebenhundertfünfzehn.«
»Schreib's auf. Und wie viele in den Bach?«
»Acht Millionen dreihundertfünfzigtausend.«
Und dann fragte er, wie viele auf die Straße fielen und wie viele auf die Wiese und die Kühe. Und zum Schluß wollte er alles zusammengerechnet haben.
Mutti begann zu rechnen.
»Sei doch nicht verrückt«, sagte ich, »der kann doch sowieso nicht nachrechnen, ob es stimmt. Schreib eine Zahl hin.«
»Nein«, sagte Mutti, »jetzt habe ich mich so bemüht, jetzt will ich auch wissen, wie viele Schneeflocken es insgesamt waren.«
Es waren nach ihrer Rechnung in der nächsten Umgebung 33 Milliarden, 198 Millionen, 715 629 Schneeflocken.
Sie schien recht zu haben. Denn am nächsten Morgen stand der Unimog mit dem Schneepflug vor unserem Haus und wollte durch unser Wohnzimmer.

Jetzt zeigte sich erst, was für ein gutes Haus unser Haus war.
Vater sagte: »In Amerika sagen sie ›man merkt erst im Winter, ob ein Baum das ganze Jahr über grün ist‹. Und ebenso merkt man erst im Winter, ob ein Haus taugt oder nicht.«
Unser Haus taugte. Bero hatte längst aufgehört, die Mutter zu belästigen, indem er sie fragte, wie viele Schneeflocken gerade fielen. Er zerbrach sich nur den Kopf über die Forellen. Der Bach war zugefroren und auf

das Eis der Schnee gefallen. Der Schnee zu beiden Seiten der Straße lag mannshoch. Eines Morgens fand Bero, daß die Forellen frieren, wir müßten sie wärmen.
»Ja, Schatz, aber wie denn?« fragte Mutter.
»Ich muß nachdenken«, sagte Bero und stützte den Kopf in die Hand. Etwas später wußte er, was zu tun war. Wir mußten eine Kanne voll heißem Wasser in den Bach gießen, dann war den Forellen wieder warm, und er war beruhigt.
Wir schimpften zwar und fanden, das ginge zu weit. Aber Vater sagte, daß sich dadurch das soziale Wesen in Bero zeige und daß es doch eine Leistung für den Kleinen sei, jeden Morgen an das warme Wasser für die Forellen zu denken.
»Wenn andere Leute davon hören, daß wir jeden Morgen eine Kanne heißes Wasser in den Bach gießen«, sagte Don, »halten sie uns glatt für verrückt.«
»Vielleicht deine Karin?«
»Nee, Karin leider nicht, die findet so was noch prima.«
Eines Tages, es war schon im neuen Jahr, nahm mich Vater zur Seite und sagte: »Fällt dir etwas auf?«
»Was soll mir auffallen?«
»Mama schimpft gar nicht mehr, wenn fremde Leute durch unser Haus trampeln. Nicht einmal jetzt im Winter, wo sie sich auf die Ofenbank hocken und kleine Seen hinterlassen.«
»Und gestern, als der Schneepflugfahrer bei uns eine Pause machte und dann eine ordentliche Lache vom Schneepflug im Zimmer stand, sagte sie ›das macht gar nichts aus‹.«
Papa überlegte und sagte schließlich, daß sich Mama

durch den Durchgangsverkehr der verschiedensten Leute sozial eingebunden fühle. – »Sie ist nicht isoliert. Verstehst du?«
Ich verstand.
Es gab in diesen kalten Tagen aber auch wirklich niemanden, der sich nicht wenigstens für fünf Minuten auf die Ofenbank setzte und den Rücken gegen die warmen Kacheln drückte.
Im Grunde war der Kachelofen ja ein Schwindel, weil sich hinter ihm nur die Zentralheizung verbarg, aber er war warm wie ein echter und hatte eine Ofenbank, und auf die kam es wohl an.
Eines Tages hielt ein pompöser Wagen vor unserem Haus. Ein rundlicher Mann stieg aus und glotzte ziemlich dämlich unser Haus an. Wir standen in der Mitte des Zimmers, so daß er uns nicht sehen konnte, und erlebten ein einzigartiges Schauspiel.
Der Mann ging nämlich zum Wagen zurück, stieg ein, ließ aber die Tür offen. Es war, als ob er nur hinter dem Lenkrad denken könne, dann kam er wieder heraus, ging die Hauswand ab, schaute um die linke Ecke, dann um die rechte und kehrte wieder zum Wagen zurück. Dann ging er direkt auf unser Haus zu und versuchte unser Hausinneres zu erkunden. Wir waren schnell zur Seite gelaufen, damit er uns nicht im Gegenlicht des anderen Schiebefensters erkennen konnte.
Wiederum kehrte er zum Wagen zurück. Er machte den Eindruck, als überlege er, wer ihm diesen Streich mit dem Haus auf der Brücke gespielt haben könnte. Aber er schien zu keinem Ergebnis zu kommen. Schließlich hupte er kurz, als wir uns daraufhin nicht rührten, klingelte er.

Ich öffnete. »Ja, bitte?«
»Ich denke, ich sehe nicht recht«, sagte der Mann. »Seid ihr mit eurem Haus hier auf der Brücke hängengeblieben oder hat euch der Winter überrascht?«
»Keins von beidem, wieso kommen Sie darauf?«
»Das ist doch hier die Brücke?«
»Das *war* die Brücke«, sagte ich. »Die neue Brücke ist weiter unten.«
»Aber da war doch 'n Umleitungsschild.«
»Das stimmt«, sagte ich. »Die neue Brücke ist gesperrt.«
»Gesperrt?« sagte der Mann. »Warum?«
»Na ja, sie ist eigentlich keine neue Brücke mehr. Sie ist mehr eine kaputte Brücke.«
»Und wann wird sie wieder instand gesetzt?«
»Im Frühjahr.«
»So lange kann ich schwer warten. Hör mal, junger Mann, ich hab' da hinten, noch hinter dem Bauernhof, ein kleines Grundstück. Ich will mir's nur noch mal anschauen, bevor ich mit dem Architekten hierherkomme. Und da... Und da...«
»Sie wissen keinen Architekten?«
»Nein, schon, natürlich, aber ich sehe, da drüben habt ihr genau solche Schiebefenster wie hier.«
»Ja und?«
»Wenn du mich schnell durchließest. Ich zahle auch eine ordentliche Maut, denn ich bin in Eile.«
»Warum haben Sie's nicht gleich gesagt?«
Der Mann zückte eine großformatige Geldbörse und drückte mir einen Zwanziger in die Hand.
»Da bekommen Sie noch heraus«, sagte ich.
»Nein, laß, das stimmt schon. Ja, was mache ich, wenn

ich im Frühjahr zu bauen beginne, da muß zunächst der Bagger durch, dann das Baumaterial, alles weil diese blöde neue Brücke kaputt ist.«

»Kommt Zeit, kommt Rat«, sagte ich weise und öffnete die Schiebetüren, und der Mann fuhr durch.

Die anderen waren in die Küche geflüchtet und warteten dort.

»Ich habe Brückenmaut kassiert«, rief ich und schwenkte den Zwanziger.

»Daß wir darauf noch nicht gekommen sind«, rief Don. »Die Maut, in festverzinslichen Wertpapieren mündelsicher angelegt, ist eine gute Altersversorgung.«

»Das kommt nicht in Frage«, sagte Mutti, »wenn er zurückkommt, gibst du ihm den Zwanziger zurück.«

»Er ist ein Geschäftsmann, der Preis wurde unter den Gesetzen von Angebot und Nachfrage ausgehandelt, ich behalte das Geld.«

»Ich hätte das Geld nie genommen«, rief Mutti erregt.

»Geld nehmen ist keine Schande«, erklärte Don, worauf ich ihm einen Fünfer versprach.

Wir waren noch mitten im Streiten, da klingelte es auf der anderen Seite.

Es war der Mann von vorhin, er wollte wieder durch. Als er Mutter sah, stellte er sich vor. »Schulze, mein Name. Ach, gnädige Frau, Sie sind doch nicht böse, daß mich, ich – ich denke, es ist wohl der Herr Sohn gewesen – da durch Ihr trautes Heim ließ, es ist ... ich war ... Ich bin ...«

»Sie möchten sicher wieder zurück«, sagte Mutter. »Ja, wir öffnen gleich die Türen. Selbstverständlich, Herr Schulze.«

»Ach, furchtbar nett von Ihnen. Ich habe nämlich da

hinten ein Grundstück, eine Waldlichtung, ach, und einen Kleinen haben Sie auch noch, das trifft sich aber gut, für ihn habe ich nämlich etwas. Darf ich schnell mal mit dem Wagen durch?«
Ja, und dann blieb er mitten in unserem Zimmer stehen, stellte den Motor ab, lief nach hinten und öffnete den Kofferraum, in dem eine Sozialwohnung Platz gehabt hätte.
»Ich habe nämlich, Sie entschuldigen, eine Spielzeugwarengroßhandlung, und da müßte doch einiges für Ihren Sohn dabeisein.«
Bero mußte denken, es sei Weihnachten. Er bekam eine mittlere Legostadt, einen ganzen Fuhrpark, einen Zoo, einen Bauernhof.
Ich kriegte noch einen Fußball. Spinne ein Federballspiel. Und Don ein Zimmergolfspiel.
»Ach, Sie überschütten uns ja mit Geschenken!« rief Mutter.
»Nicht der Rede wert, es sind Muster, die sowieso unverkäuflich sind. Jetzt nur noch für den Vater etwas, Sie verstehen, das Kind im Manne will gestreichelt werden und spielen. Was nehmen wir denn da?«
»Wollen Sie vielleicht einen Kaffee bei uns trinken?« fragte Mama.
»Gerne, wenn ich Sie nicht aufhalte. Und hier ein kleines Motorboot für die Badewanne. Ein ausgesprochenes Männerspielzeug. Männer gehen sowieso in der Hauptsache nur in die Badewanne, um entweder zu pfeifen oder zu spielen.«
Er klappte den Kofferraumdeckel zu und fuhr den Wagen auf der anderen Seite hinaus. Und dann hatte er plötzlich Zeit. Er trank Kaffee mit uns und notierte,

welche Spiele er uns noch bringen könne, und dann trank er mit Vater einen Schluck Rotwein. Und weil es nachher Zeit zum Abendessen war, blieb Herr Schulze auch da noch. Dann telefonierten wir in die Stadt, um zu erkunden, wie es mit den Hotelzimmern stünde, und weil es mit Hotelzimmern schlecht stand, übernachtete Herr Schulze schließlich bei uns, frühstückte mit uns und packte noch einige Spielsachen aus dem Wagen.
Und als er fuhr, sagte Vater: »So, jetzt können wir einen Spielzeugladen aufmachen.«
»Schade«, meinte Mutter, »daß kein Juwelier da hinten ein Grundstück hat.«
»Warum?«
»Ich würde viel lieber einen Juwelierladen aufmachen.«

Als das Tauwetter einsetzte, waren wir manchmal schon ein wenig verzweifelt. Zwar waren der Bauer, der Bierfahrer, der Tierarzt, der Arzt, die Landpolizei und alle anderen, die durch unser Wohnzimmer mußten, so nett, den ärgsten Dreck erst einmal vom Wagen oder Traktor heruntertropfen zu lassen, und sie flitzten dann auch ganz schnell durch die Bude, aber ein bißchen Schmutz gab es immer, der beseitigt werden mußte.
Manchmal war Mutter allerdings sehr den Tränen nahe. So kauften wir einen ziemlich breiten Läufer, den wir vor das Haus stellten und immer ausrollten, wenn ein Fahrzeug über den Bach mußte.
Mutti übersetzte übrigens einen neuen Krimi, der ziemlich grausam war: »Murder in the Zoo«. Das Tolle dabei war, daß der Mörder schließlich der Ermordete war und das Opfer der Mörder. Es war eine Abwandlung von dem alten Sprichwort »Wer andern eine Grube gräbt, fällt selbst hinein.«
Wenn es klingelte, fuhr sie zusammen und zitterte. Dabei wäre das gar nicht nötig gewesen. Der Frühling zog ins Land, und auf dem Sauberg blühten die Leberblümchen, daß manche Hangstücke zwischen dem noch kahlen Buschwerk ganz blau waren. Am Bach blühten die Weidenkätzchen, und eines Tages war alles grün. Im Winter noch hatten wir Brutkästen an einigen Bäumen angebracht, jetzt waren sie in der Hauptsache von Blaumeisen besetzt, auch ein Kleiberpärchen nistete uns direkt gegenüber. Um die Rehe zu sehen, mußten wir nun etwas weiter in den Wald hineingehen.
Eines Tages aber stand der Bauer vor unserem Haus und drehte ganz verlegen den Hut in der Hand.
Er müsse durch, sagte er.

»Aber ja«, sagte Mutter, »fahren Sie los.«
Es sei ihm aber so peinlich. Er müsse öfter durch.
»Ja, dann eben öfter.«
Ja, aber es sei eben nicht nur der Traktor allein, sondern er habe hinten etwas dran.
»Was denn?« fragte Mutter harmlos.
Der Bauer wagte das Wort kaum auszusprechen: »Das Jauchefaß.«
Mutter holte ein paarmal tief Luft, dann meinte sie, daß sie gegen das Jauchefaß nichts hätte, solange er es nicht in unserem Wohnzimmer entleere.
Er fuhr insgesamt fünfmal mit dem vollen Jauchefaß durch, fünfmal mit dem leeren. Es stank entsetzlich, obwohl wir die beiden Türen offenließen und eine Dose Luftverbesserer versprühten. Doch gegen den Jauchegeruch konnte der Dosenduft nicht anstinken.
Als Vater kam, rümpfte er die Nase und sagte: »Wer hat denn da wieder sämtlichen Dingen freien Lauf gelassen?« Wobei er besonders mich fixierte.
»Du brauchst mich gar nicht so anzusehen«, rief ich, »das war das Jauchefaß.«
»Stell dir vor, er fuhr fünfmal durch«, berichtete ihm Mutter.
»Nun, da muß man eben so ein Zeugs versprühen.«
»Haben wir doch schon.«
Vater schickte mich noch einmal in die Drogerie, ich sollte den stärksten Duft holen, den ich bekam. Und zwar zwei Dosen.
Wir versprühten das Zeug, das ganz angenehm roch, aber in wenigen Minuten war der Duft verflogen, und es roch wieder wie in der Jauchegrube.
»Da gibt es nichts als lüften«, sagte Vater.

Wir lüfteten und stellten nach einer Weile fest, daß der Duft sich verändert hatte, er war nun stärker. Der Wind hatte sich nämlich gedreht und blies uns nun auch den Duft von den begossenen Wiesen herein.

Am nächsten Tag, wir hatten gerade Geschichte, blieb Herr Hofer plötzlich stehen und schnupperte. »Wie riecht's denn da?« fragte er dann angewidert. »Wie komme ich mir denn vor? Wer war das?«

Nun fingen auch andere an zu meutern und sagten, daß es entsetzlich stinke. Ich selbst roch nichts mehr und enthielt mich jeder Äußerung. Herr Hofer riß sämtliche Fenster und die Tür auf und ließ dann wieder schließen.

Nach fünf Minuten schnupperte er wieder.

Jetzt wollte er es genau wissen. »Wer ist das?« fragte er scharf.

Gott sei Dank meldete sich einer. Ich atmete auf, so gut ich konnte. Aber ich hatte mich zu früh gefreut. Peter,

der sich gemeldet hatte, sagte: »Bitte, der Manfred stinkt so gotterbärmlich.«
»Manfred, du?« fragte Herr Hofer, als könne er es nicht fassen. Dann kam er zu mir und schnupperte an mir, als wäre er ein Hund und wollte mit mir Bekanntschaft schließen.
»Tatsächlich, du bist das.«
»Ich kann nichts dafür«, entschuldigte ich mich.
»Was hast du gegessen?« fragte Herr Hofer.
»Es kommt nicht vom Essen«, erwiderte ich.
»Dann hast du wohl in einer Jauchegrube geschlafen?«
»Nein.«
»Woher kommt dann dieser impertinente Gestank?«
»Vom Jauchefaß.«
»Hast du in dem übernachtet?«
»Nein. Es ist gestern fünf-, nein zehnmal bei uns durchgefahren.«
»Was heißt durchgefahren? Wo durchgefahren?«
»Durch unser Wohnzimmer.«
»Manfred«, schrie Herr Hofer nun, »das machst du nicht mit mir! Ich verstehe manchen Spaß, aber das geht zu weit.«
»Wir haben zwei Dosen Raumspray verspr . . .«
»Das interessiert mich nicht.«
»Und heute morgen den Anzug mit Kölnischwasser bespr . . .«
»Das ist ganz egal! Ich will deinen Vater sprechen, und zwar sehr bald!« Und dann tat er etwas, womit ich überhaupt nicht gerechnet hatte. Er schickte mich nach Hause.
Auf dem Heimweg traf ich Spinne, und etwas später holte uns Don ein. Er war besonders böse, weil Karin

sauer war. »Einer von euch muß sie anrufen, aber besser noch Mutter.«
»Das ist aber auch nicht die wahre Liebe«, sagte Spinne, »wegen so einem bißchen Geruch gleich die Freundschaft aufkündigen.«
»Sie bildet sich ein, es wäre Mundgeruch von mir.«
Daheim trafen wir Mutti ziemlich verstört an. »Ich weiß nicht«, sagte sie, »als ich einkaufen war, haben mich alle Leute so komisch gemustert. Und wieso seid ihr schon da?«
»Sie haben dich gemustert, weil du gestunken hast«, erklärte Spinne. »Was denkst du, warum wir nach Hause kommen?«
»Weil ihr gestunken habt? Oh Gott!«
»Dabei ist es der natürlichste Geruch der Welt«, sagte Don. »Wenn das nicht verrückt ist! Demnächst werden sie noch ein Deodorant für Kühe entwickeln, damit die Milch besser schmeckt.«
»Herr Hofer möchte mit Vater sprechen«, meldete ich.
»Was hast du angestellt?«
»Nichts. Ich hab' gesagt, daß das Jauchefaß zehnmal durchgefahren sei. Da fragte er, wo durchgefahren, ich sagte durch's Wohnzimmer, und da riß ihm der Faden, und er schrie.«
»Wenn Lehrer nur einmal die Wahrheit glauben würden«, seufzte Mutti.
Nur Vater kam am Abend vergnügt nach Hause. Der Chef hatte an ihm geschnuppert und gefragt: »Ah, Herr Krämer, Sie sind auch Hobbygärtner? Wo haben Sie denn den prächtigen Kuhmist bekommen?« – »Vom Bauern«, hatte er gesagt. – »Welchem Bauern?« – »Von dem, der immer mit seinem Jauchefaß durch unser

Wohnzimmer fährt.« Und da sei der Chef beinahe erstickt vor Lachen.
»Also glaubte er dir, daß der Bauer durchs Wohnzimmer fuhr?«
»Nein, das natürlich nicht. Er hielt's nur für eine ungeheuer originelle Antwort.«
Was blieb mir übrig, ich mußte mich aufs Rad schwingen und zum Bauern fahren, um Kuhmist für die Rosenbeete des Chefs zu erbetteln.
»Dafür, daß Sie uns gestern so verstunken haben«, sagte ich.
Und dann erzählte ich dem Bauern und seiner Familie, die immer noch zahlreich war, was heute in der Schule passiert war. Die biederen Leute lachten Tränen.
Ich wüßte nun wirklich gern, was es an dieser Geschichte zu lachen gibt.

Ich sitze an meinem Tisch, kaue an meinem Füllhalter und überlege, was ich schreiben soll. Draußen haben wir Föhn, aber das kann ich nicht schreiben. Bero hatte vorige Woche Geburtstag und wurde vier, das sagt auch nichts. Und eigens eine Geschichte erfinden, für Petra? Nein! Niemals!
Endlich schreibe ich:
»Liebe Petra,
herzlichen Dank für Deinen Brief und vor allem für die wunderschöne Kletterrose, die Deine Eltern und Du uns geschickt habt. Das heißt, wir können natürlich noch nicht erkennen, daß die Kletterrose wunderschön ist, aber auf dem Farbdruck, der von der Baumschule beigelegt war, da ist sie wunderschön. Wir haben sie ganz im

Winkel von dem Steinbruch gepflanzt, daß sie da die Wand hochgehen kann. Wir haben beim Pflanzen alten Kuhdung mit beigemischt, weil das ja besonders gut für Rosen ist. Sie heißt für uns: ›Die Rose der drei Engel‹. In unserem Haus auf der Brücke tut sich einiges. Die letzten Tage kamen wir kaum zur Ruhe. Ich weiß nicht, ob ich Dir bereits von dem Spielzeuggroßhändler schrieb, der seit neuestem öfter durch unser Wohnzimmer fährt. Er hat ein Grundstück schon ganz hinten im Wald, noch hinter dem Bauernhof. Und da baut er jetzt. Du kannst dir vorstellen, was das heißt, denn die andere Brücke ist in Arbeit. Sie soll zwar im Mai fertig werden, aber wir sehen das noch nicht.

So fährt das ganze Baumaterial durch unser Haus, was ja weiter nicht schlimm wäre, denn die Leute sind ganz ordentlich. Und der Spielzeughändler zahlt uns eine ordentliche Maut. Nur gestern war es einige Minuten äußerst spannend, weil es ganz so aussah, als würde der

Bagger hier und jetzt unseren schönen Kachelofen in ein Trümmerfeld verwandeln.
Mutti hat geschrien, als gelte es das Leben, aber dann ging's gerade noch so, eine Ansichtskarte hättest du dazwischenschieben können.
Bero entdeckt inzwischen die Tierwelt, nicht nur, daß eine Katze bei uns Junge gekriegt hat, die plötzlich bei uns auftauchte und blieb, wir haben auch einen verwaisten Dackel aufgenommen, dessen Herrchen und Frauchen kurz hintereinander gestorben sind. Der Bierfahrer brachte ihn uns.
Der Dackel heißt Hexi und war zwar die erste Zeit ziemlich trübsinnig und hat auch immer wieder ganz jämmerlich gewinselt. Aber Bero hat sehr viel mit ihm gespielt, und jetzt ist er manchmal schon ganz lustig, der Dackel. Vor allem müssen wir achtgeben, wenn wir mit den Rädern zur Schule fahren, da wetzt er immer furchtbar gern neben dem Rad daher. Auch einen Fenstersturz hat das dumme Vieh schon überlebt. Da ist er der Katze nach. Die Katze sprang auf das Fensterbrett, machte sich dann außen am Sims schmal und lief dort weiter, der Dackel fiel aber in den Bach.
Bero schrie furchtbar, weil er um seinen Dackel fürchtete, als er aber sah, daß er schwimmen konnte, warf er danach auch die Katze aus dem Fenster, und jetzt weiß er und wissen wir, daß auch die ziemlich gut schwimmen kann.
Dann haben wir noch Zwergkaninchen, Schaf und Lamm kennst Du ja, und seit gestern wünscht sich Bero, weil er sie im Fernsehen gesehen hat, Zwergziegen. Und da er meistens durchsetzt, was er will, kannst Du ziemlich sicher sein, daß Du das nächste Mal bei uns Zwerg-

ziegen sehen wirst, und wenn wir bis nach Afrika zu Fuß gehen müssen, denn dort sind sie daheim.

Nachmittags gehe ich meistens ein Stück bachabwärts, um zuzusehen, wie sie die neue Brücke bauen. Vater sähe es schon gern, wenn sie bald fertig würde. Aber es geht furchtbar langsam, wahrscheinlich, weil sie sie jetzt besonders bruchfest bauen wollen.

Wenn wir zur Autobahn gehen, weiß Du, Richtung Baggersee, und das tu ich mit Bero eigentlich ziemlich oft,

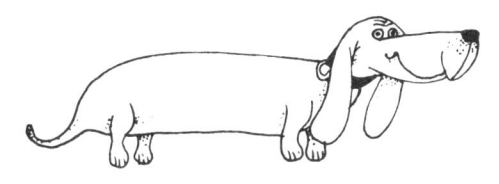

sehen wir fast jeden Tage mehr Wohnwagen, und wenn einer von Eurer Type kommt, dann ruft Bero ›Dort kommt Petra‹. Aber leider bist Du's nicht.

Das wäre so ziemlich alles. Tschüs bis zum nächstenmal.

Dein Manfred.«

Kaum hatte ich den Brief fertig geschrieben, klingelte es unten. Da lief ich hinunter, Mutti und Spinne spülten gerade Geschirr und baten mich nachzusehen, wer da sei.
Es waren zwei junge Männer, der eine hatte drei, vier Kameras umhängen, der andere lächelte freundlich und sagte: »Nein, das darf doch nicht wahr sein! Ein Haus auf einer Brücke! Können wir den Besitzer sprechen? Wir kommen von einem Wohn-Magazin, und zuerst dachten wir, man wollte uns verkohlen, nun steht da aber wirklich ein Haus auf der Brücke.«
»Moment«, sagte ich.
Dann rannte ich zu Mutti und meldete: »Da draußen sind zwei Männer, die wollen dir ein Wohnungsmagazin verkaufen.«
»Warum hast du sie nicht gleich selbst weggeschickt?« meinte Mutter ärgerlich. »Wir haben doch ein eingerichtetes Haus, wir brauchen doch kein Wohnmagazin.«
Sie ging ziemlich resolut hinaus, und da fing der eine wieder von dem Haus auf der Brücke zu schwärmen an, und ob sie ein andermal kommen dürften, wenn es jetzt nicht genehm sei. Sie würden das Haus rundum gern fotografieren und auch innen und einen Bericht darüber machen. »Romantisches Wohnen auf einer Brücke.«
»Das ist *die* Story!« sagte der mit der Brille.
»Romantisches Wohnen!« rief Mutti. »Daß ich nicht lache. Sie müßten mal kommen, wenn die Kühe durch unser Wohnzimmer wandern oder wenn die Planierraupe drinsteckt und nicht vor und zurück kann.«
»Oder wenn der Bauer mit dem Jauchefaß zehnmal am Tag durchfährt«, warf ich ein.

»Das ist ja noch viel besser!« rief der mit der Brille. »Dann schreiben wir: ›Haus der offenen Tür auf einer romantisch gelegenen Brücke‹ und machen den Bericht noch größer. Wann kommen denn die Kühe?«
»Anfang Mai.«
»Das sind noch mehr als zwei Wochen. Nein, kann sie uns der Bauer nicht so durchtreiben, für uns, wir zahlen es. Wo steckt die Planierraupe jetzt? Im Haus?«
»Nein, die ist hinten an der Baustelle.«
Auf jeden Fall, es wurden zwei aufregende Tage. Die beiden liefen ums Haus, stiegen aufs Dach und knipsten in unserem Wohnzimmer alles, was durchkam. Ein wenig bedauerten sie, daß kein TEE-Zug durchbrauste, das wäre ein Bild für sie gewesen. Sie stiegen den Steinbruch hinauf und kletterten auf den alten Ahorn. Sie knipsten das Morgenrot und das Abendrot und schrieben, Mutter sei eine bekannte Übersetzerin englischer Kriminalromane.
Sie deckten unseren Tisch wie wir ihn nie gedeckt hätten und bauten Scheinwerfer auf. Und am liebsten hätten sie den Kachelofen weggerissen und woanders hingestellt, aber sie ließen ihn dann doch am Platz und stellten lieber die Kamera anders auf. Dann machten sie wieder ein Tierparadies aus unserer Wiese, setzten Katze und Kaninchen und Dackel nebeneinander ins Gras, und der sich am meisten fürchtete, schien der Dackel zu sein.
Sie waren ganz lustig. Der Mann mit der Brille sprach und der Fotograf lächelte manchmal und knipste. Was der eine zu viel redete, brachte der andere mit seiner Schweigsamkeit wieder ein. Vor allem, wenn ich ihn nach Blende und Belichtungszeit fragte.

Obwohl Mutti seufzte, schien ihr der Betrieb zu gefallen. Wir wußten ja noch nicht, was der Bildbericht alles anrichten würde.
Ja, wir freuten uns noch, als wir einige Wochen später unser Haus in dem Wohn-Magazin farbig abgebildet sehen konnten. Und wir wunderten uns nur ein wenig, wieso am nächsten Sonntag plötzlich Dutzende Autos auftauchten, deren Lenker alle gern zehn Mark zahlen wollten, wenn sie einmal hin und zurück durch unser Wohnzimmer fahren dürften.
Dann fragten sie uns, wann die Kühe durchkämen, und manche hatten schon ihre Filmkameras bereit, um dieses Schauspiel zu filmen.
Andere wieder wollten wissen, wann die nächste Führung sei, oder ob sie bei uns Bier oder Limo kaufen könnten, oder sie verlangten gar die Speisekarte.
Dann aber war endlich die andere Brücke fertig, und sie stürzte nicht einmal ein, als der Bürgermeister und ein paar Gemeinderäte sich auf sie hinaufwagten. Auf unseren Zufahrtsweg kam ein allgemeines Einfahrverbotsschild und wir hatten Ruhe. Eine seltsame Ruhe. Fast beängstigend. Als wären wir alle vergessen.
Mit Mutter ging eine eigenartige Veränderung vor sich. Sie wurde nervös und reizbar, als es so still war.
Manchmal fragte sie: »Stehen nicht die Kühe draußen?« oder »Hat nicht eben der Bierwagen gehupt?«
Einmal am Abend setzte sie sich hin und weinte.
»Was ist denn los?« fragten wir sie wie aus einem Mund.
»Nichts«, sagte Mutter, »was soll denn los sein? Gar nichts ist los.«
Es stimmte.

»Ja, aber du hast doch eben geweint.«
»Soll ich vielleicht nicht?«
»Ja, aber warum denn?«
»Es war so nett bis vor kurzem. Gut, es gab ein bißchen Schmutz und Aufregung«, gab sie zu, »aber es war wenigstens Leben im Haus. Ich vertrage diese Ruhe nicht.«
»Jetzt soll sich einer auskennen«, rief Vater. »Ich dachte, du wärst so unglücklich über den Wirbel gewesen.«
»Anfangs«, sagte Mutter, »das gebe ich zu. Aber jetzt würde sich nicht mal mehr ein Wohnwagen hierher verirren.«
»Außer, er macht sich nichts aus dem Einfahrverbotsschild«, sagte Vater, und er schien nachzudenken.
Mutter weinte wieder. Sie sagte, sie sei jetzt die reinste

grüne Witwe. Ausgeschlossen vom Leben. In der Verbannung.
»Aber du kannst doch jetzt viel ruhiger übersetzen.«
»Ja, aber was nützt mir das, wenn ich nicht manchmal zur Seite rücken muß, damit ein Wagen durch kann?«
Bero hatte der Diskussion aufmerksam zugehört, jetzt sagte er: »Ein Auto soll wieder kommen.«
Vater beugte sich zu ihm hinunter. »Jetzt kommt kein Auto mehr. Die Straße ist gesperrt, verstehst du? Einfahrt verboten, das Schild vorne, du kennst es ja. Du mußt zur anderen Brücke, da fahren jetzt die Autos.«
Am nächsten Tag ging Bero zur anderen Brücke, und er begann dort seinen alten Sport. Er warf Steine in den Bach, freute sich, wenn es »plup« machte, und ging nicht heim, wenn man es ihm befahl. Manchmal kehrte er mit Beute zurück. Mit zwei Limoflaschen vom Bierfahrer, einem Spielzeug vom Spielzeuggroßhändler Schulze. Aber man merkte, daß ihm etwas fehlte.
Unser Haus war ein ganz gewöhnliches Haus geworden. Gut, zugegeben, es stand zwar auf einer Brücke, und es hatte sogar ein Fenster im Fußboden, das wir erst jetzt richtig beachteten, aber was sahen wir darin? Ein paar blöde Forellen! Nicht einmal der Fischer kam im Regen mehr zu uns. Er stand jetzt auf der neuen Brücke, warf dort seine Angel aus, und Forellen gab's von ihm auch nicht mehr.
In der Schule hörten mir die Klassenkameraden kaum zu. Ein Haus auf der Brücke, was war das schon! Ein paar von ihnen wohnten auch in eigenen Häusern, auf eigenen Grundstücken, mit einem Zaun rundherum und einer Gegensprechanlage, daß man ja niemandem ins Gesicht schauen mußte, wenn es klingelte.

Mutti hätte jetzt viel Geld verdienen können, sie hatte eine Menge Angebote für Übersetzungen, aber es freute sie nicht, sagte sie.

Wir waren allein und kriegten kaum Besuch. Nicht einmal der Alte, unser erster Besucher, kam, dem es immer bei uns so gut geschmeckt hatte.

»Es ist, als wären wir gestorben«, sagte Mutter.

Genau in diesen Tagen schrieben wir in der Schule einen Aufsatz. Thema: »Ein Jubiläum«. Ich dachte lange nach, denn Nachdenken kann ich immer nur langsam, schreiben geht dann schnell. Mir fiel nichts ein. Was hatte ich schon für ein Jubiläum zu feiern? Im Herbst konnte ich das siebenjährige Schuljubiläum feiern, mein Vater war bald zwanzig Jahre im Beruf, meine Eltern waren bald achtzehn Jahre verheiratet. Aber dann fiel es mir noch

rechtzeitig ein. Wir feierten bald ein Jubiläum, noch dazu ein einjähriges. Ich schrieb:
»Ein Jubiläum.
Bei einem Jubiläum kommt es nicht auf die Jahre an, sondern auf die Bedeutung, die man einem Ereignis beimißt. Um ein Jubiläum feiern zu können, braucht man meist zwei Dinge. Ein Ereignis von einiger Bedeutung und die Erinnerung daran. Man feiert nicht, daß man vor zehn Jahren Spinat mit Spiegelei gegessen hat.«
Diesen Einfall fand ich prächtig. Ich grinste, was der Lehrer bemerkte. Er hatte etwas dagegen, daß ich grinste. »Schreibst du über ein heiteres Jubiläum?« fragte er.
»Nein«, sagte ich und schrieb weiter:
»Es gibt also kein Jubiläum ohne Ereignis und keines ohne Erinnerung. Ich schreibe von einem besonderen Jubiläum, einem jungen Jubiläum, wir werden es demnächst feiern. Es betrifft unser Haus.
Wir werden es richtig feiern. Denn es ist ein merkwürdiger Tag, wenn eine Familie in das eigene Haus zieht, und es ist ein befreiender und glücklicher Tag. Bald jährt sich dieser Tag zum erstenmal. Ein Jahr lang hatten wir keinen Ärger mehr mit einem launenhaften Hausherrn, müssen wir keine Miete mehr zahlen. Ein Jahr wohnen wir in unserem Haus auf der Brücke.«
Und dann schrieb ich, wie interessant das Leben in unserem Haus war, was da alles durchs Wohnzimmer zog, und weil mir die Schafe und Kühe nicht reichten, ließ ich auch Pferde durchgaloppieren und einen ganzen Zirkus mit Elefanten durchziehen. Es kam ja nicht so genau drauf an. Ich erzählte auch die Geschichte der neuen Brücke, und daß wir, seitdem diese fertig ist, wie abgeschnitten sind.

»Darum«, schloß ich meinen Aufsatz, »wird meine Mutter bei unserem Jubiläum etwas traurig sein. Denn es war so nett, wenn der Bierfahrer in unserem Wohnzimmer den Motor abstellte, sich auf das Trittbrett seines Wagens setzte und Brotzeit machte, oder wenn der Unimogfahrer mit dem Schneepflug sich mit einem heißen Tee mit Rum bei uns aufwärmte. Oder wenn der Tierarzt zu einem kurzen Plausch hielt, das Wagenfenster herunterkurbelte und uns fragte: ›Kennen Sie schon den Witz von den zwei Papageien? Nein, nicht? Dann muß ich ihn Ihnen erzählen.‹ – Oder der Tag, an dem der Bauer die Jauche fuhr und zehnmal mit dem Jauchefaß unser Wohnzimmer durchquerte. Aber auch eine Reihe Fußgänger kamen durch unser Haus, und wenn wir gerade beim Essen waren, dann setzten sie sich mit an unseren Tisch, langten ordentlich zu und erzählten eine Geschichte über Wühlmäuse, Greifvögel, Füchse, Bisamratten oder sonst etwas.
So wird unser einjähriges Jubiläum überschattet sein. Denn nie mehr werden wir ein Kalb in der Küche finden, nie mehr wird eine Kuh eine grüne Schürze von meiner Großmutter wegfressen, und nie mehr wird ein Lamm unter dem Schreibtisch schnarchen.«
Einige Tage später bekamen wir die Hefte zurück. Ich mit einem Mangelhaft. Begründung: »Thema verfehlt.«
Ich hätte ganz gut angefangen, aber mich dann ins Monströse verirrt, denn wo gäbe es das, daß ein Schneepflug in einem Wohnzimmer stehenbleibe. Der Schnee würde ja herunterschmelzen und das Wohnzimmer völlig unwohnlich machen. Vollkommen unglaubhaft sei, daß eine Frau sich nach solchen Zuständen zurücksehne.

Ich lächelte müde. Was wußte der gute Mann von Frauen. Keine Ahnung hatte er.
Daheim fragte mich Mutter, ob wir die Aufsätze schon zurückbekommen hätten.
»Ja«, sagte ich.
»Und, hast du eine Eins drauf?«
»Da sieh selbst«, sagte ich und reichte ihr das Heft.
Mutter las es und begann zu weinen.
»Ein Mangelhaft ist nicht der Weltuntergang«, sagte ich, »auch Schiller haben die Deutschlehrer nicht verstanden.«
»Aber deswegen weine ich doch nicht«, sagte sie. »Kannst du dich nicht erinnern, wie wir versuchten, der Kuh die Schürze zu entreißen, und wie das nicht mehr ging, und als ihr zum Schluß nur noch das Schürzenbändel aus dem Maul hing, und wir schließlich lachten?«
Sie lachte und weinte in einem.
Auch ich hätte heulen können. Wenn man ein bißchen Leben in seinem Wohnzimmer gewohnt war, dann ist's schon furchtbar öd in einem Wohnzimmer, das nur schön aufgeräumt ist. Mir war klar, daß ich irgend etwas tun mußte, daß ich einen Einfall brauchte. Bitte, man konnte die andere Brücke nicht einfach in die Luft sprengen, so etwas war schließlich strafbar und unvernünftig.
Aber irgendeinen anderen Weg mußte es doch schließlich geben!
Am Abend nahm ich Vater zur Seite und fragte ihn: »Kann ich mal von Mann zu Mann mit dir sprechen? Unter vier Augen?«
»Bitte«, sagte Vater, »ich stehe zur Verfügung.« Vater besaß schon immer gute Manieren.

»Wir müssen handeln«, sagte ich. »Es geht, du weißt, um Mutter.«
»Ich weiß«, sagte Vater, »sie verträgt die Ruhe nicht, die so plötzlich über uns hereingebrochen ist. Offen gestanden, ich auch nicht. Jetzt stinkt's nicht mal mehr nach Jauche hier herinnen.«
»Auch Don zählt zu den Leidtragenden«, sagte ich.
»Don?«
»Hast du's noch nicht gemerkt?«
»Was soll ich bemerkt haben?«
»Karin, seine Freundin, kommt nicht mehr, seit hier nichts los ist.«
»Tatsächlich? Nein, das hab' ich noch nicht bemerkt.«
Vater schien nachdenklich und schüttelte den Kopf.
»Und wenn unsere drei Engel wieder in den Ferien kommen, dann . . .«
»Was dann?«
»Dann werden die auch nicht lange bleiben. Wo nicht mal mehr Kühe durch unser Haus gehen.«
»Und was machen wir da?«
»Wir sollten einmal alle Möglichkeiten ins Auge fassen und dann die möglichste durchführen.«
»Wir könnten alle Leute einladen oder bitten, doch wenigstens hin und wieder durch unser Haus zu fahren.«
»Das machen sie ein- oder zweimal, und dann fahren sie wieder den schnelleren Weg über die neue Brücke.«
»Möglich«, sagte Vater. »Weißt *du* etwas?«
»Was ist, wenn wir ein Schild auf die Brücke hängen, Brücke einsturzgefährdet, Betreten nur auf eigene Gefahr?«
»Das wäre schon eher etwas. Aber wie kommen wir zu solch einem Schild?«

»Es gibt in der Stadt ein Geschäft für Schilder und Stempel und solches Zeugs.«
»Ja, aber dann wissen die doch, daß wir es waren.«
»Allerdings, an das hab' ich nicht gedacht.«
Weil Mutter auf uns aufmerksam wurde, als wir uns so angestrengt in der Sitzecke unterhielten, standen wir auf und gingen vors Haus zu unseren Zwergziegen und zu den Zwergkaninchen.
Bero sah sich mit unserem Dackel einen Versandhauskatalog an. Versandhauskataloge waren seine liebsten Bilderbücher.

»Es muß ein einwandfreier Weg sein, wenn wir etwas machen«, dozierte Vater. »Schließlich können wir die Brücke nicht in die Luft sprengen.«
»Diese Idee hab' ich auch schon verworfen.«
Da begann Bero zu weinen.
Wir beachteten ihn zuerst nicht, weil es am Anfang nicht so schlimm war. Doch allmählich wurde es immer lauter.
»Bero«, rief Vater, »was ist los?«
Keine Antwort. Nur Heulen.
»Willst du mir endlich sagen, was los ist?« fragte Vater nun etwas energischer.
»Da ist kein Esel drin.«
»Na und?«
»Er soll drin sein.«
»Was machst du mit einem Esel in einem Versandhauskatalog?«
»Ich will einen Esel bestellen.«
»Versandhäuser haben keine Esel«, sagte ich, »du be-

kommst ja auch im Kaufhaus keinen Esel. Wie kommst du überhaupt auf einen Esel?«
»Weil ich leider einen Esel haben will.« Leider sagte er jetzt ziemlich häufig.
»Ein Esel kostet Geld.«
»Ich hab' fünf Mark siebzig.«
»Ein Esel kostet aber mehr.«
»Du hast ja mehr Geld.«
Nein, man kam Bero kaum bei.
»Was kostet denn ein Esel?« fragte mich Vater.
»Ich denke, so vier-, fünfhundert.«
Vater pfiff zwischen den Zähnen, er schien zu überlegen.
Dann streckte er die Hand aus und fragte: »Was soll denn das?«
»Ein Tropfen! Tatsächlich. Bero, pack deinen Katalog ein und komm ins Haus, es beginnt zu regnen.«
»Kaufst du mir dann einen Esel?«
»Du sollst ohne Esel gehorchen, verstanden?«

Drinnen sagte Vater zur Mutter: »Dein Jüngster bildet sich einen Esel ein, er hat geheult, weil keiner im Versandhauskatalog ist.«
»Einen Esel?« In Mutters Augen leuchtete es plötzlich. »Das wäre gar nicht so ungeschickt. Wenn wir ihn dazu brächten, daß er etwas trägt, dann könnte ich mit ihm in die Stadt einkaufen gehen. Stell dir vor, wie die Leute gucken würden.«
»Nein, nein, schlag dir das aus dem Kopf. Mit einem Esel einkaufen. Weißt du denn, was ein Esel kostet?«
»Höchstens fünfhundert«, schätzte ich.
»Und dann vergiß nicht, daß so ein Tier einen Stall braucht.«
»Vergiß nicht, daß an unseren Steinbruch gelehnt eine halbverfallene Scheune steht, die könnten wir selber ein bißchen herrichten, und so hätten wir einen Stall. Dann könnten wir einen Garten anlegen und gleich den Mist dafür verwenden.«
»Nichts als Arbeit«, sagte Vater, »und wenn wir mal verreisen wollen?«
»Dann geben wir alle unsere Viecher dem Bauern. Schließlich ist der auch, und nicht selten, über unsere Brücke gefahren.«
Ich spürte, uns stand ein Esel ins Haus.
Weil es jetzt draußen stärker regnete, kam Bero tatsächlich ins Haus. Er hatte schon nasse Haare.
»Wann kaufen wir den Esel?« fragte er.
»Bald«, sagte Vater, »wir müssen erst wissen, wo wir einen bekommen.«

Ich wachte davon auf, daß die Tür zu meinem Zimmer knarrte. Draußen regnete es nun schon die zweite Nacht, ich strengte mich an, etwas zu sehen, aber es war zu dunkel. Da knarrte die Tür wieder. Und jetzt zuckte der Strahl einer Taschenlampe auf. Ich biß die Zähne aufeinander, daß sie nicht zu klappern begannen. Was war los?
Jetzt konnte ich sehen, daß sich eine dunkle Gestalt ins Zimmer schob und vorsichtig die Tür schloß.
Verdammt, dieses Türknarren zerrte am Nerv!
Gerade als ich Luft holte, um ordentlich Hilfe schreien zu können, sagte eine Stimme: »Manfred, bist du wach?«
Es war Vater.
»Was ist?« fragte ich und setzte mich auf.
»Ich habe eine Idee«, sagte Vater.
»Was für eine Idee?« fragte ich verschlafen.
»Eine Idee mit der Brücke. Hör zu! Vorne an der Straße ist doch ein Holzlagerplatz. Da haben sie doch vor einigen Monaten, nein, schon im vorigen Jahr, an der Straße gearbeitet.«
»Ja, und?«
»Und dort stehen jetzt noch einige Schilder, die die Bauarbeiter wahrscheinlich vergessen haben. Darunter auch Umleitungsschilder. Sie lehnen an einem Holzstapel und zeigen nach oben. Man müßte sie dort wegnehmen, weil sie irreführend sind. Stell dir vor, da kommt ein Autofahrer und meint, er müsse auf den Holzstapel hinauffahren.«
»Und was machen wir weiter?«
»Wir stellen die Umleitungsschilder so, daß sie auf unseren Zufahrtsweg weisen, und auf die neue Brücke

stellen wir ein Schild für generelles Fahrverbot. Dann müssen sie wieder alle zu uns kommen. Und die neue Brücke bleibt vollkommen unbeschädigt.«
»Das stimmt«, sagte ich und war hellwach.
»Und Diebstahl ist es auch nicht. Schließlich ist es gleich, ob die Schilder am Holzstapel lehnen oder mitten auf der Straße stehen.«
»Nein«, sagte ich. »Diebstahl ist es nicht.«
»Machen wir's?«
»Gut, machen wir's.« Ich drehte mich auf die Seite und wollte weiterschlafen.
»He, nicht einschlafen! Wir müssen es gleich machen. Eine Regennacht ist günstig.«
Ich gähnte und setzte mich auf. Dann war ich in drei Minuten in Hose, Socken und Anorak. Mit den Schuhen in der Hand schlich ich hinunter und wartete auf Vater. Gemeinsam zogen wir uns im Wohnzimmer noch die Schuhe an, dann ging's hinaus in die unwirtliche Nacht. Die ersten paar Meter fuhren wir ohne Scheinwerfer, damit Mutter nichts merkte. Aber als wir um den Ausläufer des Sauberges herum waren, preschte Vater richtig los.
Wir brauchten keine Stunde, da hatten wir's geschafft. Die neue Brücke war lahmgelegt, das Einfahrverbot auf unseren Weg hoben wir dadurch auf, daß wir einen Jutesack über das Schild stülpten.
Dann fuhren wir wieder heim, zogen im Windfang die Schuhe aus, gingen in die Küche, machten uns Tee, tranken noch jeder eine Tasse und schlichen dann wieder die Treppe hinauf.
»Mama wird schauen«, sagte Vater, »wenn es morgen wieder losgeht.«

Als wir aufstanden, regnete es noch immer. Der Bach war ziemlich angeschwollen. Mutti kam verschlafen in die Küche und wollte an Vaters breiter Brust weiterschlafen.
»Ich hab' furchtbar schlecht geschlafen«, sagte sie. »Mitten in der Nacht fuhr ein Auto zum Haus, was die wohl wollten?«
»Ach«, sagte Vater, »wer soll mitten in der Nacht an unserem Haus etwas wollen?«
Ich strich mir gerade Honig aufs Butterbrot, als es zum erstenmal schellte.
»Wer ist denn das?« fragte Vater ganz unschuldig. »Vielleicht ein Expreßbrief?«
»Nein, es ist auf der anderen Seite, von da kommt der Briefträger nicht.«
Wir gingen alle zur hinteren Tür. Da stand der jüngste Bauernsohn mit seinem Moped und ärgerte sich, daß die

neue Brücke gesperrt sei. »Weiß der Teufel, was da schon wieder los ist!« Ob wir ihn wohl durchließen?
»Aber selbstverständlich«, rief Mutter. »Kommen Sie nur. Nein, so etwas, Sie sagen, die Brücke ist wieder gesperrt?«
»Ja, und das Umleitungsschild zeigt wieder auf den alten Weg, die müßten Sie doch gefragt haben.«
»Mich hat keiner gefragt«, sagte Mutter. »Hans, hat dich jemand gefragt?«
»Nein, mich auch nicht.«
»Nun, wir werden ja erfahren, warum die Brücke gesperrt ist. Heute abend wissen Sie's bestimmt.«
Als unser erster Brückengast durchgefahren war, überlegte Mama: »Ob ich bei der Polizei anrufe, warum die Brücke gesperrt ist? Schließlich haben wir eine gewisse Berechtigung, das zu erfahren.«
»Ach, laß doch erst einmal«, meinte Vater, »wer weiß, ob die eine Ahnung haben, so toll viel Verkehr geht ja nicht über die Brücke, vielleicht waren es Leute von der Baufirma, und sie haben noch einige Arbeiten vor.«
Es wurde ein aufregender Tag. Der Bauer fuhr mit seinem Mercedes in die Stadt und Herr Schulze wollte die Baufortschritte an seinem Haus feststellen. »Notfalls mit der Lupe«, wie er sagte. Er entschuldigte sich furchtbar, daß er uns wieder belästigen müßte, machte seinen Sozialbauwohnungskofferraum auf und holte wieder eine Menge heraus. Eine Rennbahn, einen Metallbaukasten, ein Zimmerkegelspiel und was er sonst noch so entbehren konnte.
Wir tranken nach Vaters Heimkehr gerade Kaffee, als es wieder läutete.
Ich ging zur Tür, um zu sehen, wer es sei, und wurde

grün wie Pfefferminztee. Draußen standen zwei Polizisten.
Ich öffnete und sagte mit heiserer Stimme: »Sie wollen sicher mit dem Wagen durch.«
»Nein, danke, können wir Herrn Krämer sprechen?«
»Vater?«
»Ja.«
Ich konnte nichts tun, um Vater zur Flucht zu verhelfen, also sagte ich: »Bitte kommen Sie weiter.« Dann lief ich voraus und warnte Vater noch schnell:
»Zwei Polizeibeamte wollen dich sprechen.«
Vater verschluckte sich am Kaffee, dann fragte er: »Mich?« Er stand verwundert auf.
»Herr Krämer?« fragte der ältere Polizeibeamte.
»Ja«, sagte Vater, »ich gestehe alles.« Er streckte die Hände vor, wie um sich Handschellen verpassen zu lassen. »Verhaften Sie mich.«
»Hans!« schrie Mama. »Was hast du angestellt?«
Der jüngere Polizist lächelte. »Keine Angst, wir holen ihn nicht. Wir kommen nur . . .«
»Um uns zu entschuldigen«, sagte der Ältere.
»Ich wüßte nicht, wofür«, sagte Vater souverän. »Sie werden doch nichts angestellt haben.«
Mutter schimpfte. »Deine Art, Witze zu machen, ist manchmal wirklich atemberaubend. Ph! Ich dachte, mir bleibt das Herz stehen.«
»Ihr Mann hat doch nichts angestellt«, beruhigte sie der Ältere. »Nein, es geht um die Sperrung der neuen Brücke. Wir sind davon ganz überrascht.«
»Wir auch«, sagte Mutter, »heute früh klingelt's, draußen steht der junge Brunntaler und sagt: ›Die neue Brücke ist gesperrt.‹«

»Es war unlängst eine Kommission hier, aber weder im Rathaus noch bei der Landesregierung wissen sie etwas davon, und bei der Baufirma ist der betreffende Ingenieur auf Urlaub.«

»Als Sie gestern nachmittag nach Hause kamen«, fragte der Jüngere, »war da schon gesperrt?«

»Meine Herren«, sagte Vater, »ich hab' nicht darauf geachtet, weil ich nicht über die neue Brücke fahre. Möglich, daß da schon das Umleitungsschild stand. Ich weiß es aber nicht.«

»Jedenfalls war der junge Brunntaler der erste, der heute durchkam?«

»Mein Gott«, sagte Vater, »es wird schon irgendeinen Sinn haben, wenn die Schilder da stehen, schließlich werden solche Schilder nicht ohne jeden Sinn hingestellt, wenn es auch Leute gibt, die das Gegenteil behaupten.«

»Wir dachten nämlich an einen Racheakt«, sagte der Jüngere. »Wir müssen an jede Möglichkeit denken.«
»Racheakt?« fragte Vater. »Rache an wem?«
»An Ihnen, zum Beispiel, damit Sie wieder das Gemurks im Haus haben, mit der Durchfahrt. Haben Sie irgendeinen begründeten Verdacht?«
»Verdacht? Also darauf bin ich noch gar nicht gekommen. Wir haben keine Feinde, niemand ist auf uns bös. Uns mögen doch alle, Mädchen, oder nicht?«
»Also bewußt ist es mir nicht, daß wir Feinde haben«, sagte Mama.
»Und wem nicht bewußt ist, daß er Feinde hat, der kann billigerweise auch keinen Verdacht hegen«, wandte sich Vater wieder an die Polizisten.
»Ach«, sagte der Ältere, »wenn es nur lauter solche Leute gäbe wie Sie. Wir müßten uns nicht über Umleitungsschilder den Kopf zerbrechen. Nein, Franz«, sagte er zum Jüngeren, »Racheakt ist das keiner. Bosheitsakt wohl auch nicht, bleibt nur ein grober Unfug.«
»Glaub ich auch nicht«, sagte der andere. »Es kommt doch da niemand vorbei, der nicht einen Schaden hat durch die Schilder. Sie müssen alle hier durch.«
»Eben. Es muß seine Richtigkeit haben.«
»Bleibt nur noch ein Grund. Darf ich Ihnen übrigens ein kleines Gläschen anbieten? Ganz außerdienstlich, versteht sich...«, fragte Vater.
»Aber wirklich nur ganz klein.«
»Ja«, setzte Vater fort, »bleibt nur noch der eine Gedanke, er ist allerdings ziemlich ausgefallen, das gebe ich zu, *wir* haben die Umleitungsschilder selber aufgestellt, um manchmal Besuch zu bekommen, zum Beispiel einen so netten wie den Ihren.«

»Also dieser Grund fällt von vornherein aus«, rief der ältere Polizist. »Dazu bin ich zu lange bei dem Verein, so etwas gibt's einfach nicht.«
»Das wäre ja verrückt«, sagte Mama, »die Arbeit, die wir dadurch haben. Als der Schneepflug hier herinnen stand, hab' ich drei Eimer voll Schmelzwasser weggewischt.«
»Vergiß nicht, Liebe«, sagte Vater, »daß es manchmal auch richtig nett war. Wenn wir beim Essen waren, und es kamen Leute und mußten hinüber, und sie setzten sich zu uns und haben tüchtig mitgehalten. Das war doch schön.«
»Also Fußgänger müssen Sie nicht durchlassen«, sagte der jüngere Polizist, »denn für Fußgänger ist die Brücke nicht gesperrt...«
»Mein Gott, wenn einer kommt, dann werden wir ihn nicht eigens zurückschicken«, meinte Vater.
»Das ist nett von Ihnen, wirklich. Wie würden sich andere aufregen über so etwas. Stellen Sie sich vor, irgendwo anders würde es klingeln, und ein Bauer mit dem Traktor würde durch das Wohnzimmer fahren wollen, kein Mensch würde so etwas zulassen.«
Vater wehrte bescheiden ab und brachte die Beamten, nachdem sie sich alle von uns mit Handschlag verabschiedet hatten, zur Tür.
»Was halten Sie denn von dem Wetter?« fragte er noch so beiläufig. »Wird es weiterregnen?«
»Sieht so aus.«
»Mensch, ob sie vielleicht deswegen die Brücke gesperrt haben?«
»Du meinst Hochwasser?« fragte der ältere Polizist zurück. »Glaub' ich nicht.«
Als Vater wieder zu uns kam, schimpfte Mutti noch ein

wenig mit ihm, weil er gesagt hatte ›verhaften Sie mich, ich gestehe alles‹. »Wie konntest du nur solch einen dummen Witz machen?«
»Wer weiß«, sagte Vater, »vielleicht meinte ich es ernster als du denkst.«
»Jetzt machst du schon wieder Witze!« rief Mutti. »Ich kenn' dich doch. Dir würde so etwas mit den Verkehrsschildern nie im Leben einfallen. Dazu hast du viel zuwenig Phantasie, und dann bist du auch zu feig dazu.«
»Manfred, merk es dir gut«, sagte mein Vater, »eine Frau kennt einen Mann immer besser als er sich selbst.«
»Stimmt«, sagte ich.
Jetzt wurde Mutti böse, weil wir beide lachten.

Als ich am nächsten Morgen die Treppe hinunterkam, wunderte ich mich, wieso die Stühle aus der Eßecke durch das Zimmer tanzten. Ich rieb mir die Augen, dann merkte ich es. Sie tanzten nicht auf ihren Beinen, sondern trieben im Wasser, genau wie der Korb von unserem braven Dackel.
Darum hatte Hexi in der Nacht immer wieder gebellt.
»Alarm!« schrie ich. »Hochwasser! Alarm!« Dann streifte ich meine Hausschuhe ab, sprang in die trübe Flut und begann zuerst die Ledersessel zur Treppe zu rollen. Vater war schon da und fluchte, und dann kamen Mutti und Spinne und Don und auch Bero.
»Bero, du bleibst oben!« schrien wir alle.
»Ich möchte aber auch helfen.«
»Du mußt das Wasser beobachten«, sagte ich. »Du mußt melden, wenn es steigt, das ist ganz wichtig.«

»Na gut«, sagte er. Das sagte er übrigens jetzt öfter, wenn er zu erkennen geben wollte, daß er nachgab. »Na gut, ich beobachte, ob das Wasser steigt.«

»Mein Schreibtisch«, wimmerte Mutter. »Ich möchte das fertige Manuskript nicht noch mal schreiben. Oh Gott, hätt' ich's doch gestern noch zur Post gebracht!«

Wir retteten zuerst das Manuskript, dann den Schreibtisch, und als wir alles nach oben gebracht hatten, was nicht niet- und nagelfest war, fiel uns die Küche ein. Wir retteten noch die Lebensmittel, so gut es ging, schalteten den Kühlschrank aus, und kramten im Schrank nach einer alten Kochplatte und frühstückten dann oben.

Jetzt erst sahen wir aus dem Fenster. Die Wiesen rings um den Bach standen unter Wasser, auf der anderen Seite, bachabwärts, war die neue Brücke nicht mehr zu sehen.

»Ist die am Ende wieder eingebrochen?« fragte Mutter, ohne entsetzt zu sein.

»Nein, ich denke, die ist dort, wo das Wasser solche Wirbel dreht.«
Jetzt erst fiel Vater der Wagen ein. Wir rannten hinunter und atmeten erleichtert auf. Das Wasser stand zwar schon im Fond, aber der Motor sprang noch an, wir fuhren den Wagen auf die Wiese bis zur »Rose der drei Engel«, dort war der höchste Punkt. Notfalls konnten wir ihn hier noch auf Pflöcke bocken.
»Was denkt ihr«, fragte Vater, »sind wir in Gefahr, sollten wir das Haus verlassen?«
»Bist du verrückt?« sagte Don respektlos. »Unser Haus?«
»Nie im Leben!« schwor ich. »Wir sollten nur unser Schlauchboot aufblasen, falls es schlimmer kommt.«
»Für diese Idee mußt du den Nobelpreis bekommen!« lobte mich Vater. »Los, auf den Speicher, das Schlauchboot aufblasen!«
Wir stürzten ins Haus zurück, wateten durch das Wasser zur Treppe, Don holte das Boot, trat den Blasebalg, bis die Gummiwandung prall voll Luft war. Dann machten wir Stapellauf ohne Ansprache und Sektflasche über die Treppe und banden das Boot am Treppengeländer fest.
Bero fiel ein, daß er angeln könnte.
»Du bist verrückt«, rief Don, »wo willst du denn angeln?«
»Hier auf der Treppe«, antwortete Bero schlicht. Er schwor Stein und Bein, daß vorhin ein Fisch hochgesprungen sei und sich umgesehen habe.
»Mach ihm eine Angel, daß er Ruhe gibt«, bat mich Vater.
Aus einem Plastikstöckchen, einer Verpackungsschnur und einer Sicherheitsnadel machte ich ihm eine Angel.

Bero setzte sich auf die Treppe, warf die Angel aus und wartete. Er war ein geduldiges Kind, nach zwei Stunden saß er noch immer auf der Treppe. Dann rief er mich.
»Was willst du denn?« fragte ich.
»Ich muß mal, komm, halt die Angel.«
»So leg sie halt hin.«
»Nein, du mußt die Angel halten, vielleicht kommt gerade jetzt ein Fisch.«
Ich ließ mich breitklopfen und hielt die Angel solange. Dann kam er zurück, übernahm wieder die Angel und setzte sich. »Haben wir ab jetzt öfter Hochwasser?« fragte er vergnügt.
»Hoffentlich nicht«, sagte ich.
»Warum nicht? Das ist doch fein. Ich will immer Hochwasser.«
»Und wo soll Mutti dann kochen?«
»Oben.«
»Und wenn das Wasser noch höher steigt, was machen wir dann?«
»Dann gehen wir aufs Dach. Hab' alles schon im Fernsehen gesehen. Dann kommt ein Hubschrauber und holt uns. Wie die Astronauten.«
»Mensch, du hast Nerven.«
Plötzlich war draußen Motorengeräusch zu hören. Es war aber kein Hubschrauber, sondern der Bauer, der in einem Schlauchboot mit Außenbordmotor hockte. Er klopfte an die Scheiben unserer großen Schiebefenster und bedeutete uns, daß wir sie öffnen sollten.
Ich sprang von der Treppe elegant ins Wasser und schwamm zu den Fenstern.
»Mach auf!« rief der Bauer. »Es ist besser, es ist alles offen, dann drückt das Wasser nicht so.«

Mit viel Mühe brachte ich die Schiebefenster auf, und der Brunntalerbauer gab kurz Gas, fuhr in unser Wohnzimmer und legte elegant an der Treppe an.
»Ich hab' was zu Essen für euch«, sagte er. »Eintopf von den Pionieren.«
»Wie sieht's denn sonst aus?« fragte der Vater.
»Es regnet noch immer. Aber jetzt, wo das Wasser auf den Wiesen steht, ist es nicht mehr so gefährlich, weil es sich nur langsam bewegt.« Er sah sich um. »Die andere Tür solltet ihr auch aufmachen, dann kann später das Wasser besser abrinnen.«
»Was meinen Sie, hält unsere Brücke?«
»Die hält«, sagte der Bauer, »die sitzt auf Fels.«
»Und die neue Brücke?«
Der Bauer grinste. »Ich weiß nicht, aber ich glaub', die wird absaufen.«
»Absaufen!« rief Mutter.
»Bitte, vielleicht auch nicht. Man wird's ja sehen.«
»War schon einmal eine derartige Überschwemmung?« fragte Vater.
»So lange ich denken kann, nicht.«
»Na, hoffentlich bleibt die nächste dann auch so lang aus.«
Der Brunntalerbauer hob die Hand zum Gruß, warf wieder den Motor an und stob in Richtung Stadt davon. Er wollte sich dort noch seine Wiesen ansehen. Eine halbe Stunde später raste er wieder durchs Wohnzimmer zu seinem Hof zurück.
Noch nie hatte ich im Wohnzimmer so hohe Wellen gesehen. Bero war geradezu begeistert.
Plötzlich begann unser Dackel zu wimmern. Er stand oben auf der obersten Treppe und winselte ganz jäm-

merlich. Ein bißchen später bellte er ganz hell, einfach zum Verrücktwerden.
»Mein Gott!« rief Mutter. »Der war heute noch nicht draußen. Schnell nehmt ihn ins Boot und führt ihn ans feste Land, damit er kann, was er muß.«
Ich setzte Hexi ins Boot und ruderte hinüber zu unserem Wagen, zu den Zwergkaninchen, den Schafen und den Zwergziegen. Das obere Drittel der Wiese war noch immer frei, dort setzte ich ihn aus und wartete. Hexi verschwand im Gebüsch und kam nach einer Weile sichtlich erleichtert zurück. Er sah mich geradezu dankbar an, als ich ihn wieder zurück ins Boot nahm.
Im Haus saß Bero noch immer auf der Treppe und wartete, daß ein Fisch anbeißen möge. Seine Geduld war bewundernswert.
Als es zu dunkeln begann, beratschlagten wir, was wir nun machen sollten. Wir kamen zu dem Entschluß, daß Mutti, Spinne und Bero im Wagen oben auf der Wiese schlafen sollten, wir Männer würden im Haus bleiben und abwechselnd Wache halten.
»Aber wenn es gefährlich werden sollte«, bat Mutti, »dann kommt sofort zu uns. Wir können dann noch immer den Steinbruch hochklettern, dort sind wir ganz sicher außer Gefahr.«
Ich ruderte zuerst Spinne mit Bero und dann Mutti mit dem Bettzeug hinüber. Es schien ein bißchen weniger zu regnen. Aber vielleicht schien das auch nur so, weil es bereits dunkel war.
Ein Glück, daß Oma nicht hier ist, sie würde uns noch nervöser machen, überlegte ich. Sie hat Angst vorm Wasser, weil sie nicht schwimmen kann.
Ich sprang aus dem Boot und hielt es fest, damit Mutter

gut aussteigen konnte. Dann reichte ich ihr die Bettwäsche an Land.
»Gebt gut acht auf euch«, flehte Mutter, als ich wieder ins Haus zurückkehren wollte, dann fuhr sie mir durchs Haar und gab mir einen Kuß.
»Machen wir schon«, sagte ich.
»Und wenn ihr verdächtige Geräusche hört, dann verlaßt sofort das Haus.«
Aber so schnell gaben wir unser Haus nicht auf.
»Klar«, rief ich und steuerte wieder in unser Haus hinein.
»Da kommt er ja«, sagte Vater. »Hast du nicht irgendwo eine Taube mit einem Ölzweig gesehen?«
»Wieso?«
»Mensch, wach auf!« rief Don. »Kennst du nicht die Geschichte von der Arche Noah?«
»Ach so, diese Taube«, sagte ich. »Nein, außerdem ist's schon ziemlich dunkel.«
»Die arme Frau«, seufzte Vater, »jetzt muß sie noch um ihre Liebsten bangen.«
»Hoffentlich kann sie wenigstens schlafen«, sagte Don.
Wir saßen eine Weile schweigend auf der Treppe, dann sagte Vater: »Geht ihr beide jetzt schlafen, ich wecke euch dann schon.«
Aber wir wollten nicht, und vielleicht hatten wir auch ein wenig Schiß, wir blieben bei unserem Vater und stellten alle die Füße auf die unterste noch trockene Treppenstufe. Wenn das Wasser noch stieg, würde die Nässe an den Füßen uns wecken.
Mitten in der Nacht heulte die Hupe des Wagens auf.
»Was ist?« fuhr Vater hoch. Die Hupe hörte eine ganze

Weile nicht auf zu dröhnen, dann war es still. Wir sprangen zu dritt ins Boot und ruderten hinüber. Aber Mutti stand schon am Ufer und rief: »Keine Angst, es war nur Bero, er ist mit seinem Fuß auf den Hupring gekommen, und dann hat er den großen Zeh eingeklemmt. – Wir lassen nämlich den Motor ein bißchen laufen, weil es sonst zu kalt wäre.«

»Ist gut«, sagte Vater. »Hauptsache, es geht euch gut.«

Wir ruderten zurück und setzten uns auf unseren alten Platz. Als der Morgen graute, wachte ich auf. Ab und zu gluckste das Wasser auf, es war, als seufze es. Dann gurgelte es wieder, bis lautlose Stille eintrat. Das Rauschen des Regens war verstummt.

Ich stieß Vater, der ein wenig zu schnarchen begann, mit dem Ellenbogen.

»Ja, wo, was?« rief er und sprang auf.

»Bleib sitzen«, sagte ich. »Es wird hell.«

»Ach ja, richtig, hell. Regnet es noch?«

»Es ist nichts mehr zu hören.«

»Na, Gott sei Dank.«

Don gähnte endlos lang, dann klagte er, daß ihm ein Bein eingeschlafen sei. Nach einer Weile fragte er: »Was klopft denn da dauernd an die Wand?«

»Du meinst dieses leichte Poltern?«

»Vielleicht ist's ein Baumstamm, der sich im Wasser bewegt.«
Als es heller wurde, fuhren wir mit dem Boot vors Haus und sahen nach dem Grund des Polterns. Es war eine alte Truhe. Wer weiß, woher sie stammte. Wir brachten sie ins Haus.
Dann ruderten wir zum Wagen hinüber. Die drei schliefen noch. Bero lag quer über Mutter und Spinne. Er hatte ein richtig hübsches Gesicht, wenn er schlief.
»Sein Gesicht hat noch nichts Gewöhnliches«, sagte Vater, »das ist es wohl.«
Wir holten ein paar Felsbrocken und setzten uns drauf. Lange konnten die drei ja nicht mehr schlafen.
Als Bero uns rief, entdeckten wir gerade, daß das Wasser zu sinken begann. Wir führten einen Freudentanz auf, nur Bero war traurig.
»Es war so schön«, sagte er. »Es soll immer Überschwemmung sein.«

Am übernächsten Tag kehrte der Bach wieder in sein Bett zurück. Die neue Brücke aber hing seltsam schief über diesem Bett, als hätte sie vergessen, wie waagerecht und senkrecht aussieht.
Eine Woche später war als erster wieder der Bierfahrer da und wollte durch unser Zimmer.
Er schenkte uns einen Kasten Bier und einen Kasten Limo.
»Nach so viel Wasser«, sagte der gescheite Mann, »wollen die Leute wieder etwas anderes sehen.«
Unser letztes Aufsatzthema war eine Naturkatastrophe gewesen. Besser gesagt, das Thema hieß: »Eine Naturkatastrophe«.
Als Herr Hoffmann die Hefte verteilte und mir meines zurückgab, lachte er und sagte: »Na, Krämer, du hast wieder deiner Phantasie einen allzu breiten Raum eingeräumt. Die Wellen im Wohnzimmer glaub' ich dir einfach nicht.«
»Glauben ist eine Tugend«, sagte ich. »Ich kann Sie nicht zwingen.«
Herr Hoffmann machte ein Gesicht, als hätte er eine heiße Kartoffel im Mund. – »Und die wertvolle Bauerntruhe aus dem siebzehnten Jahrhundert, die niemand vermißt. Es fehlte noch, daß sie voller Goldmünzen war.«
»Ich hab' mich eben streng an die Wahrheit gehalten.«
»Auch, wie du schreibst, als du durchs Wohnzimmer geschwommen bist.«
»Ehrlich, Sie können meine Eltern fragen.«
»Ich kann überhaupt nicht glauben, daß es dieses Haus *auf* der Brücke gibt. Das ist doch wohl nur ein Haus *an* der Brücke.«

»Sie können ja kommen und es sich ansehen.«
»Wehe, das steht dann aber nicht auf der Brücke!«
»Sie müssen nur richtig hinsehen. Außerdem war es schon einmal im Wohn-Magazin.«
»Ach, was in Zeitungen und Illustrierten steht!«
»Es waren auch Bilder drinnen. Echte Fotos.«
»Mit Fotos kann man schwindeln. Wie find' ich denn euer Haus?«
»Ganz einfach«, sagte ich, »Sie fahren aus der Stadt, bis Sie in die Wiesen kommen, dort wo die Kühe weiden. Da biegen Sie rechts in die asphaltierte Straße und fahren direkt auf den Sauberg zu, und wenn Sie um den Sauberg herum sind, dann stehen Sie vor unserem Haus.«
»Dem Haus auf der Brücke.«
»Ja.«
»Also durch die Wiesen, dann rechts abbiegen, auf der asphaltierten Straße, um den Sauberg herum, und dann bin ich da.«
»Genau«, sagte ich, »aber Sie müssen die richtige Straße rechts abbiegen. Dort, wo die zwei Birken stehen.«
»Also, wo die zwei Birken stehen rechts.«
»Ja.«
»Na, ich bin neugierig«, sagte Herr Hoffmann.
Zwei Wochen später kam er wirklich. Es war ein Sonntag. Er wunderte sich über die vielen Leute, die alle gekommen waren, um unser Haus zu bewundern. Er hatte Mühe, an unsere Eingangstür heranzukommen.
Vater lud ihn zum Kaffee ein. Er zierte sich ein bißchen, da seine Braut draußen wartete, aber dann holten wir auch die herein, und sie sah ganz toll aus, obwohl sie auch Lehrerin war.

Als Herr Hoffmann die fünfte Tasse Kaffee trank, klingelte es an der Tür. Ich lief hin. Der Vorstand des Reitvereins begrüßte mich sehr freundlich, gab mir einen Zwanziger und fragte höflich, ob er mit seinen Reiterkameraden einmal durchreiten dürfe.
Er durfte.
Leider hatte ich übersehen, daß Bero gerade einen Luftballon aufblies. Und der zerplatzte laut knallend gerade in dem Augenblick, als alle siebzehn Pferde in unserem Wohnzimmer waren.
Eines scheute, warf die hübsche Reiterin ab, und zwar mitten auf unseren Kaffeetisch, dann galoppierte es die Treppe hinauf. Oben durchschlug es die Tür zu Omas Zimmer.
Und da ist das sensible Tier noch heute.